我的吸血鬼秘書

目錄

CONTENTS

100% 一般文字 Arial − 15 + B I U

1. 三途賓館的安娜

「安娜，這世上真的存在吸血鬼、人狼，這些不合常理的生物嗎？」黑色的豪華轎車之內，皇城集團會長李光臣看著夜色映照的街道問。

眉清目秀、年輕有為，二十出頭的光臣已是首屈一指的企業集團領導人。

「嗯哼，嗯嗯嗯嗯。」坐在光臣身邊的隨行秘書——安娜回應。

「不要一邊吸我高貴的血一邊回答我！」光臣的手正被安娜吸啜著。

「但是會長的血，真的很香甜很美味嘛！」安娜的右眼透著紅色光澤，左眼則呈現深沉的藍色，她有著吸血鬼尖而細長的獠牙。

因為安娜是吸血鬼，正確來說，是流著一半吸血鬼血統的半妖。

「我每日吃著頂尖質素的料理，加上這鍛煉得沒有一絲贅肉，呈現完美倒三角體態的身軀，我體內當然流著最高質素的血液，問題是……這世上真的存在妖魔嗎？」光臣博學多才，但在他的認知裡，並沒有妖魔鬼怪等不符合常理邏輯的事。

「真的存在呀，我不就是最好的證明了嗎？」安娜指著自己的一雙尖牙說。

「所以……為什麼老頭子生前要安排一隻吸血鬼做我的秘書呢？」年紀輕輕的光臣之所以登上會長之位，是因為他的父親突然離世，而遺囑上交代會長之位的繼任人外，還特別注明了一項：

光臣的秘書必須由安娜擔任，否則會長之位另覓人選。

「我也不知道啊……嘻嘻。」安娜望著會長傻笑。

一切要追溯回數日前，那時候安娜還不是會長的秘書，而是賓館的夜更管理員。

夜幕下的小區格外寧靜，月色映照的街道人跡罕至，烏燈黑火的小區中，唯獨有間賓館燈火通明。這賓館有別尋常，因為裡面的住客都不是人類。

這裡是三途賓館，是人界中最接近魔界的地方。

「呵……」晚上九時，是安娜標準的起床時間。

「今晚的天氣真好，月色真美。」常人喜歡晴朗的晨光，而安娜喜歡的是清爽的晚風。

因為安娜是人類和吸血鬼所生的女兒，所以她只有一半的吸血鬼血統，陽光雖不會致命，但在日照下活動她會十分疲累。

「不如再睡一會吧……」但就算不疲累，安娜也有懶床的習慣。

「你快壓扁我了，還不去工作，被包租婆知道你就死定了。」安娜床上的一隻小天竺鼠說。

「再沒錢交租會被趕走的，不要！我不要露宿街頭！」安娜趕緊梳洗換衫，這裡的包租婆是一頭女九尾狐，她是安娜父母的摯友。

安娜的父母在她小時候已失蹤，她在特殊孤兒院中長大，然後被包租婆接到三途賓館照顧。

「堤姆，我去巡視了啦！」安娜咬著長長的麵包開始工作，純種吸血鬼不用吸食人血也能存活，像安娜這種半吸血鬼不用依靠人血，只吃普通食物，很快會感到飢餓。

妖魔要平凡地在人類世界生活，並不是容易的事，介乎於人類和妖魔之間的半妖，生活更加艱難。

「這孩子還要多久才能融入社會，正正常常地生活呢？」天竺鼠堤姆曾受安娜父母

的恩情，自他們失蹤之後一直以監護人的角色看顧安娜。

安娜的母親是位偉大的人類魔法師，父親是多次阻止戰爭的吸血鬼英雄，他們是在一次大型事件中失去蹤影的。自此之後人界和魔界之間不再能互通往返，滯留人界的妖魔隱藏身份生活在人群之中，為了照顧和保護當中難以融入的一群，九尾狐開辦了這一間賓館，為他們提供廉價住宿和工作機會。

「最近經常有人偷吃咖啡廳的食材，今晚犯人會不會出現呢？」七層高的三途賓館，安娜住在天台特建的天台屋，賓館設有升降機，而除了地下樓層是咖啡廳外，每一層也設有六個房間供租住。

「犯人在哪裡呢？」安娜打開手機的照明，靜靜接近廚房，咖啡廳在晚上六時關門，現在咖啡廳內漆黑一片。

廚房內傳出咬噬的聲音，而且儲存食材的雪櫃門已被打開，安娜步向光源發出的方向，犯人果然再次犯案。

「嘩！」安娜在兩名犯人身後大叫。

「咳……咳咳咳咳！」犯人嚇得不小心被食物嗆到。

「小勇！你沒事吧？」小犯人連忙照顧咳個不停的弟弟。

「嗚……」小勇被嚇得哭起來。

「我說過多少次，就算肚餓也不能偷吃咖啡廳的食物呀，食材沒有了，你們叫日哥哥明天怎樣營業？」安娜早已猜到犯人是三途賓館的房客——住在201號房的人狼兄弟，小智和小勇。

「但是我們真的很肚餓呀……而且這次我們只吃了日哥哥留給我們的食物。」五歲的小智在雪櫃取出一張字條。

「若你們太肚餓的話就吃這一份吧，其他食物要留給客人，知道嗎？」咖啡廳店長阿日同樣早已知道，食物失竊案的犯人是人狼兄弟。

「日哥哥真溫柔，又疼錫小朋友，將來一定會是個好丈夫呢。」咖啡廳店長阿日是溫文有禮的男生，不時幫助安娜處理賓館的事務。

「但是……你們也該翻熱再吃呀，這樣會吃壞肚子的。」安娜仰慕這位大哥哥，從她入住三途賓館前，阿日已在底層咖啡廳工作。

如是者，安娜帶著食物和兩隻小人狼回到201號房，照顧房客的需要是管理員的

日常工作。

「你們的媽媽呢？還未回來嗎？」安娜翻熱過食物，小智和小勇立即狼吞虎嚥起來。

「媽媽最近要加班，很晚才回來啊……」為了生活，妖魔們做著各式各樣的工作，小人狼的母親為了照顧他們，疲於奔命。

「嗚，日哥哥煮的意粉，我也很想吃……」咬著麵包的安娜單靠管理員工作的薪水，每月也只夠勉強過活。

「為什麼定神看著我呢？」安娜看到小人狼已清空碗碟，但眼睛還注視著她的麵包。

因為在日間特別疲勞，安娜從小到大的成績都落後於人，而在人類社會，沒有優秀好履歷，就難以尋獲好工作。

「你們要快高長大，將來好好工作報答媽媽呀。」安娜撕開了長麵包，把本來是她的晚餐贈予還未吃飽的小人狼後，繼續巡視的工作。

安娜的父母生死未卜，十多年來沒有人打聽到他們的消息，亦找不到他們的屍體，

但安娜相信他們還在生，相信有一天她們會一家團聚，她把父親留下的一枚蝙蝠戒指掛在頸鏈上，當作是護身符。

「達倫叔叔，升降機又出問題了嗎？」賓館大堂，安娜看到一個龐大的背形蹲在升降機前。

「嗯，老機器偶然會出現小問題，放心，我已經修理好了。」達倫的頭顱以一百八十度轉向回應安娜，除了頭顱以外，他全身上下都是機械產物。

302 號房的達倫原本是人類，但被瘋狂科學家改造成如同科學怪人的模樣，害他無法再正常生活，所以來到三途賓館居住和擔任保安工作。長時間替自己的身體進行維修，達倫學得如何修理機械設備。

「有勞了，若升降機不能用，菲蕾姐姐回來時一定會抱怨呢。」安娜笑著說。

「在說我壞話嗎？」明明穿著四吋的高跟鞋，但菲蕾卻如履平地，沒有發出丁點腳步聲。

「哈哈……菲蕾姐姐還是和往常一樣，行路像飄的一樣沒有任何聲響呢。」404 號房的短髮女生菲蕾是名貓女，每次回來賓館也拖著大大的行李箱。

「對神偷來說，腳步聲可是致命的弱點，要我來教你嗎？如何成為神偷。」菲蕾的真正身份是一名俠盜，只要被她看中的，就算保安再嚴密，她都能偷到手上。

「不用了……被包租婆和堤姆知道會把我煎皮拆骨的。」安娜謹記著兩人的教誨，絕不以吸血鬼的能力幹壞事，也不會向人類透露她的吸血鬼身份。

妖魔要在人界隱藏身份，除了避免引起社會恐慌外，還因為要避免被追捕，在人類世界之中，比妖魔更危險的人類大有人在。

「這個給你吧，手信來的。」走訪世界各地的菲蕾除了會劫富濟貧，還不時帶來各地美食給安娜。

「馬卡龍！多謝菲蕾姐姐，你是最好的！」安娜感動得差點落淚，因為這些東西對她來說非常奢侈，而且沒有吸食人血的她，肚子已再咕咕作響。

對半吸血鬼來說，人血是相當吸引的美食，更是能令他們充滿力量的珍品，然而這樣的珍品，同時也是一種禁忌。

「嘻嘻……真的很棒啊……他們全部都既帥氣，跳舞又跳得好……」除了巡邏之外，安娜其餘工作時間都會留在底層的管理員工作室內，沒有跟進事項的話，安娜就會播放她最喜愛的偶像男團的歌舞欣賞。

安娜的其中一個興趣是追星，為了一睹偶像風采，不惜在烈日當空之下排隊拿偶像的親筆簽名。由於她沒錢買演唱會門票，所以不時以吸血鬼雙翼飛到會場，躲在暗處偷看。

「喔巴……不要死……這編劇太過份了！」而安娜的另一個興趣，是追看韓劇，她在工作室內一半時間是看歌舞，另一半時間是在看韓劇。

雖然一個晚上笑著又再過去，但其實安娜並不快樂，每當太陽快要升起，她就會走到賓館門口，在不會被晨光照射到的位置看日出。

「如果我是個平凡的人類就好了……」每個早上，安娜都會在賓館門口低喃。

看著街上逐漸出現的平凡人，他們有的在派報紙，有的在派鮮奶，有的準備上班，從寂靜的深宵到熱鬧的早上，在日光下精神抖擻的人們，和安娜是截然不同的。

「早啊，安娜。」穿著啡色圍裙配搭米白色棉質衣服的阿日輕托圓圓的眼鏡，微笑

著對安娜問好，他白色的短髮柔順有光澤。

「早安，日哥哥準備營業了嗎？」606號房的阿日每天早上六時會開始作準備，七時正式營業。

「嗯，今天的廚師推介是歐陸早餐，合你口味嗎？」阿日每天也會問安娜相同的問題。

「日哥哥……我真的不好意思呀。」安娜並不夠錢每天吃咖啡廳的料理。

「那就當幫我試味吧。」溫柔的阿日總照顧著安娜，從她第一天來到三途賓館至今。

「真好啊，我最喜歡在這時間待在日哥哥的咖啡廳。」還未正式開始營業的咖啡廳空無一人，這讓安娜感覺最安心舒坦。

「還是很敏感嗎？對人類鮮血的味道。」阿日為安娜奉上早餐和咖啡。

「長大後已好很多了，但在人煙稠密的地方還是比較難忍受。」安娜在小時候曾咬過人，當時還未懂得壓抑和控制對血液的衝動引起過事故，但安娜已忘記了這件事。

「就算在人海之中也要控制住，你才能融入社會，才算是成功畢業。阿日，我要美式咖啡和空心菜。」天竺鼠堤姆敏捷地爬上餐桌上說。

「堤姆先生，今天也很早呢。」阿日把堤姆的餐點放在特別準備的迷你餐具奉上，堤姆每天早上也會邊享受早餐邊看新聞，了解世界大事。

「有可能嗎？沒有人願意僱用我啊……我現在活像個宅女一樣！我也想做個事業型女性、想有男生追求、想談戀愛啊！」安娜看很多韓劇，她總幻想那些浪漫的情節發生在自己身上。

「安娜很可愛啊，你的異色瞳十分漂亮。」阿日微笑著說。

「如果人類們都像日哥哥這麼溫柔就好了。」安娜的異色瞳在人群中十分顯眼，為了保持低調，每當她要離開賓館，都會戴上藍色隱形眼鏡去隱藏右眼紅色的瞳孔。

「特別新聞報道，皇城集團董事會會長昨夜凌晨離世，消息傳出後皇城集團股價一度下跌百分之十……」電視播放的特別新聞吸引了三人的目光。

「皇城集團……這名字很耳熟呢。」安娜側著頭說。

「你小時候待過的孤兒院，就是皇城集團資助的慈善機構呀！那時候會長不時會去作親善探訪，你不記得了嗎？」堤姆說。

「不只慈善機構，這城市裡超過三分一的基建設備也和皇城集團有關，說他們是城

市的真正領導人也不為過。」交通設施、商場住宅、連鎖超市、娛樂公司以至大型主題樂園，皇城集團掌握著城市的經濟命脈，連阿日採購的食材也來自皇城集團的產物。

「有點印象呢……我記得有個叔叔不時會帶同禮物來探我，還記得他好像和我有個約定……」發生在小時候的事情，安娜的印象已很模糊，無論是美好的，還是難過的。

「那叔叔就是會長呀。」堤姆邊密密咬著通心菜邊說。

「啵！那叔叔是超級有錢人？」安娜嚇了一跳，把咖啡噴得堤姆全身濕透。

「應該是足以打入世界百大首富的程度吧。」阿日邊以手帕替堤姆清潔邊說。

「皇城集團發言人表示，會長一職將會由已故會長排行第四的兒子繼任，外界對這位遠赴外國留學多年未曾參與集團事務的新繼任人能否做出成績……」新聞播放著機場的片段，剛回國的年輕男子戴著墨鏡，身材高大挺起筆直的黑色西裝。

「嘩……那他不就有如韓劇中的男主角，那種高大英俊的富二代？」安娜看得目瞪口呆。

「是比妖魔更稀有的生物呢。」堤姆撥弄著還未乾透的毛髮說。

「請問安娜小姐在嗎？有你的信件。」信差探頭進咖啡廳問。

「給我的？真少有呢……」三途賓館很少收到信件，因為這裡的房客都是孤獨的旅客。

安娜接過信件，信封上以紅色的蠟印封住，而蠟印上呈現的印章，正是新聞報道裡皇城集團的標誌。

「我想起來了……我和叔叔的約定。」安娜打開信封，信件的內容勾起了她的回憶，兒時回憶裡那親切的叔叔曾拜托過她一件事。

而印上同樣標誌的另一封信件，也落到皇城繼任人的手中。

皇城集團大樓頂層會議室內，集團董事會所有成員齊集進行緊急會議，股價急跌的消息令在座人士坐立不安，他們沒有哀悼會長的心意，只有對金錢損失的焦急，而他們也把矛頭指向未曾接觸公司業務的新會長，認為他不是王位的最佳人選。

「前會長不會是老人癡呆吧？會長一職當然應由管理公司多年的大公子繼任才合

理。」董事們各持己見，唯獨不滿意遺囑安排這一點達成共識。

「不，二小姐負責的業務全部轉虧為盈，成績有目共睹，會長之位她當之無愧。」董事會的權力鬥爭已持續多年，會長的離世更是兩派爭奪勢力的最佳時機。

「呵，誰當話事人我沒所謂啦，只要娛樂公司繼續歸我管理，其他事情我無異議。」三公子還宿醉未醒，每日花天酒地的他，只希望自己的生活依舊。

前會長膝下四名子女，長子次女三子已為集團服務多時，他們同出一母，長子和次女對集團發展各有想法，但他們同樣不能接受一件事。

「這是已故會長立下的遺囑，所有財產分配和集團繼任人由他安排，無論各位有何想法也不得異議。」秘書室長金室長侍奉前會長多年，在光臣被送到外國留學後一直守在光臣身邊，現在光臣回來繼位，他也隨即以秘書室長身份扶助光臣。

「情婦的兒子突然回來說要接手經營，能令人信服嗎？」大公子直言不諱。

「弟弟你畢竟對公司不熟悉又沒有經驗，大家不是不相信你，只是擔心股價繼續下跌罷了。」二小姐話中有話。

「我反而覺得這樣有趣得多呢，哈哈。」三公子只想看好戲。

三人的母親是名門正印，而光臣卻是情婦所生的獨生子。

「我無必要令你們信服，有不滿的人我歡迎你們馬上離開，你們的工作我會另覓更適當的人選。」一直沉默觀察各人嘴臉的光臣，終於開口說話。

「經營講求的是實力不是經驗，在座這麼多經驗豐富但經營不善的人才相信很明白這道理。」光臣開始反擊，在回國之前他已詳細了解集團多年的發展、成績和潛在問題。

「不思進取的發展路向、墨守成規的古舊思想、中飽私囊的企業脂肪，要是我立即跟你們清算的話，恐怕這裡一半以上的人也無資格留下。」光臣站起俯視眾人。

「念在你們和皇城共度了不短的時間，也看在老頭子的份上，我今天才不和你們計較。」光臣早已掌握到董事會各成員的弱點，與其浪費時間說服，光臣更喜歡威迫。

「一個月後，我會令股價止跌回升百分之十，這是我李光臣作出的承諾，你們到時候再來跟我說清楚，我做會長，夠不夠資格，能不能服眾。」光臣看了他的長兄和二姐一眼，然後闊步踏出會議室。

「會長，百分之十不是一個小數目。」金室長在離開人多口雜的環境後說。

「在我卓越的大腦、優秀的領導才能、極具前瞻性的眼光和超凡的行動力面前，你知道百分之十是什麼嗎？」自信過人的光臣，步伐總是急促得要人追趕。

「請問是？」金室長問。

「是微塵。」光臣突然停下轉身，及時停步的金室長才不致撞向氣焰過人的新任會長。

光臣最討厭別人觸碰他的身體，就算是侍候他多年的金室長也一樣。

「而微塵，我並不會放在我高貴的雙眼內。」光臣輕拍走金室長衣襟上的微塵，然後轉身繼續昂首闊步。

「但是……關於老爺的遺囑，還有一件必須遵守的事項。」金室長取出印有蠟印的一封信件。

「嘖……我討厭陌生人，叫她過來，我再找個藉口打發她離開吧。」光臣知道信件的內容。

「安娜小姐，已在會長室外等你。」但光臣不知道信件提及的人，會改變他的世界。

「嘩……這就是皇城集團大樓嗎？就連等候室也大得驚人。」安娜換上衣櫃裡唯一一套正裝，坐在等候室的沙發上緊張萬分。

只是等候室已比三途賓館的面積更大，安娜能從落地玻璃俯瞰城市的光景，百層樓高的皇城集團大樓屹立在這城市中，既是顯眼的地標，也是城市的支柱。

「唔，這茶香味不錯。」堤姆喝著準備給安娜的熱茶說。

「為什麼你會在這裡的？想嚇死人嗎？」就算共同生活了這麼久，安娜偶然也會被神出鬼沒又會說話的小天竺鼠嚇一跳。

「我是你的監護人，當然要跟來看看呀，你怎知道對方是什麼人？會不會有不軌企圖？」堤姆個子太小，想喝熱茶的他懸掛在杯子上進退兩難。

「有錢人囉！會對我有不軌企圖……嗎？」安娜幻想著少女漫畫中霸氣總裁愛上俏秘書的情節。

安娜的第三個興趣，是日系少女漫畫，最近更開始接觸 BL 漫畫。

「唉呀，會長……不可以這樣的……」沉醉在幻想的安娜扭擰著說。

「不可以怎樣？」男性的聲線從後傳來。

在安娜停留在二次元世界的時候，光臣已來到她的身後，他是現實中的高富帥，比二次元的更多了一種香味。

「不……不不不不！我只是在自言自語罷了。」安娜立即站起，堤姆在光臣接近前已躲藏到安娜襟袋內。

人類鮮血的香味，而且比安娜過去嗅過的更香濃百倍。

「進來。」光臣看著安娜呆滯了半晌，然後轉身走進會長室內。

比等候室更廣闊的空間，更華麗的裝潢，皇城國王的房間每一個擺設，每一件家具也價值不菲，光臣走上三級階梯，坐到會長專屬的座位。

「這個……是前會長寄給我的。」安娜見光臣瞪著她良久也未有開口，所以拿出信件表明來意。

「金室長。」光臣示意由金室長接過信件，光臣從不信任別人，除了跟隨他多年的金室長。

「會長，內容一致，是老爺的筆跡。」能擔當秘書室長的重任，金室長並非泛泛之輩，他所考獲的多項專業資格中包括筆跡鑑證。

「你和先父是什麼關係？為什麼我擔任會長的條件是由你來當我的隨行秘書？」光臣無法理解父親的安排，他與闊別多年的父親形同陌生人。

光臣是在母親離世後不久，在遇到意外之後，被父親強行送到國外生活的。二十年不見的父親，他一點也不了解，只是他無想到他重回故鄉的時候，父親已和他永遠分別。

「唔……我在小時候見過叔叔幾次，他會帶很多禮物來探望我們，每次他都會找我聊天，但那時候我還很年幼，所以內容……我都記得不清楚了。」安娜思考著說。

「叔叔？探望？」光臣皺著眉頭問，他的父親疏遠了他，卻和別人的孩子親近。

「是會長資助的孤兒院，安娜小姐是在那裡長大的嗎？」金室長比光臣更清楚孤兒院的事。

「嗯……這份是我的履歷表。」伊甸園孤兒院，是專為在人界失去雙親的妖魔建立的慈善機構，安娜在那生活了一段時間後才被包租婆接到三途賓館。

安娜沒有升讀大學，而且因為在陽光底下難以適應，每份工作也不用多久就被解僱，基於性別關係，夜間的體力勞動工作又不願聘請女生，安娜最長的工作經驗就是

三途賓館的夜更管理員。

「這一份也算是履歷表？」光臣掃視了一眼履歷表後隨手扔掉。

「低學歷、無經驗，還有這一身衣不稱身的舊西裝，你當這裡是謝師宴嗎？」光臣一步一步走下階梯。

安娜已多年沒有添置衣物，這一身西裝的確是中學謝師宴時所穿的廉價舊衣。

「這裡是國內首屈一指的企業集團，在你面前才華洋溢出類拔萃的年輕才俊，既擁有世上最高轉數的大腦，又擁有高顏值完美體態令人羨慕的身軀。這樣完美的我，有什麼需要你來扶助？」充滿自信的光臣，是一個咄咄逼人、沒人敢接近的傢伙。

「會長……」金室長想阻止光臣說下去。

「這樣的一個你，憑什麼擔任我的秘書？」因為光臣的每一句說話，都在打擊安娜的自信心。

「你……」安娜垂下了頭，她很清楚，以自己的履歷要進大公司覓得一份好工作，接近是癡心妄想。

「不做就不做囉！你以為我很想當你的秘書嗎？」安娜怒氣沖沖拾回履歷表便轉身

離開。

安娜不想連僅餘的自尊心也失去，最起碼在數落她的人面前，她不能掉下眼淚。沒有好工作高薪水同樣捱過了不少歲月，只是安娜抱有期望，而期望卻落空了。

「自戀狂！」要不輸自尊，安娜覺得應該要反擊一下。然後安娜推開了大門，一股勁跑了出去。

「她……哭了嗎？」光臣第一次遇到反駁他的人。

「是的。」金室長說。

「為什麼說我是自戀狂？我說的全都是客觀事實呀。」光臣自信，而且自傲，但在他的印象中自己從沒弄哭過女生，因為他從不讓女生接近。

「少爺……不，會長。剛才……說得有點過份了。」金室長從光臣小時候已守候在側，既是秘書長的同時，亦是長輩。

「這句話是對少爺說的？還是對會長說的？」光臣對金室長的信任，是時間累積起來的。

「是對一個紳士說的。」所以金室長也知道，怎樣的諫言才能進入主君的耳中。

「這世上怎會有這樣的人！實在太令人生氣了！」氣得眼泛淚光的安娜一鼓作氣走出了大樓。

「到底是怎樣成長才會變成這模樣的呢？」天竺鼠堤姆從襟袋探頭出來說。

「劇集和漫畫裡的總裁都是騙人的……唉呀！」安娜踩著陌生的高跟鞋，不小心絆到了腳。

「休息一下吧，高跟鞋……可能不適合你呢。」堤姆安慰著說。

安娜除了在謝師宴和幾次面試中穿過高跟鞋後，一直都以便服和運動鞋的簡單配搭示人，坐在噴水池旁休息的她，看著水中映照出那張沾上脂粉的臉容，連自己都感到陌生。

「真累人……」沒有人教她搭配衣裳，也沒有人教她化妝技巧，加上在日光下難以提起精神，安娜習慣躲藏起來。

藏在夜裡、藏在斗室裡，日漸變得更難踏入社會，開朗的一面就只能在房間，在三途賓館綻放。

「而且秘書的工作，你也不知道要幹什麼吧？」堤姆希望安娜不要覺得太可惜。

「堤姆，我就不能……像菲蕾姐姐一樣，過一種能發揮所長，適合妖魔的生活嗎？」

安娜看著藍天，萬里無雲的晴空廣闊豔麗。

「包租婆想你能過平凡幸福的生活，我相信你的父母也是一樣……」世途險惡，妖魔在人界並不能任意妄為，在人界的人類受法律約束，妖魔有相對應的管制部門。

「鳥兒能在天上飛，為什麼吸血鬼就不可以？」自由自在，是安娜嚮往的事。

「因為這裡是人類的世界呀。」踏著自行車的阿日停在安娜後，遮擋照射到她的陽光。

「日哥哥！為什麼你會在這裡的？」明明是營業時間，阿日卻離開了工作崗位。

「因為天氣好……所以想出來吹吹風嘛。對了，你的面試如何？」阿日只是胡亂編個藉口，其實是因為擔心安娜。

「哈哈……搞砸了，不過無所謂啦，我還有管理員這份工作嘛。」安娜邊苦笑邊輕撫著腳踝說。

「扭傷腳了嗎？」安娜微細的舉動騙不過細心的阿日。

「小事罷了，這是穿了不適合我的高跟鞋的懲罰。」安娜決定放棄當秘書的念頭，或者這次還不是她融入社會的時候。

「上來吧，我載你回賓館。」阿日微笑著說，三途賓館的住客們都會互相關照，特別

是阿日對安娜更是份外關心。

「都是日哥哥最好，如果有下午茶吃就更好了！在陽光下活動了一會，我的肚子又開始餓了。」三途賓館是安娜的舒適圈，那裡有關心她的朋友，有相依為命的同類。

「你吃那麼多，小心變胖呀。」提姆取笑著說。

「吸血鬼是不會輕易變胖的，你才要小心，不要變成大肥鼠，免得到時候被賓館一帶的街貓抓到就不得了！」安娜坐到阿日後面，像中學時阿日接她放學一樣。

「呵！你竟然拿我和那些低等生物比較，笑話。」提姆是賓館一帶小動物的老大，除了照顧安娜，他還要看管附近的街道。

「好了，我們出發啦。」阿日微笑著說。

改變需要際遇，更需要勇氣，但不是所有人也想要改變，三途賓館的阿日覺得保持現狀就最好。

回到賓館後安娜好好睡了一覺，在晚上九時又再起床準備開始巡邏的工作。

「還是這樣最適合我吧。」不施脂粉、穿著舒服的便服，雖然對早上的遭遇感到可惜，但安娜已回復精神。

「不知道小智和小勇吃晚飯了嗎？」安娜咬著長麵包來到大堂，保安員科學怪人達倫卻正處理著房客的投訴。

「達倫叔叔、唐醫生，發生了什麼事嗎？」安娜連忙上前問。

「安娜，雪姬小姐……應該心情不好吧，從她的房門到走廊統統都結冰了，我擔心融雪積水後會影響我房間的器材，來看診的人不小心滑倒也不好嘛。」唐醫生戴著墨鏡，全身上下包裹住繃帶，身穿大白袍的他看似木乃伊，但其實他是一名專為妖魔治病的醫生。

「摔倒了也不怕呀，有你替他們看診嘛。」達倫打趣著說。

「真是的，你以為個個也像你和我一樣不會死的嗎？跌傷事小，跌死事大嘛。」503號房的唐醫生被施下不死魔咒，沒有人見過他繃帶下的真面目。

「哈哈，有這麼易死就好了。」依靠電力驅動的科學怪人同樣擁有不死之身，但永恆的生命給予他們的，是苦痛。

「啊！我馬上去處理。」504號房的雪姬是一名雪女，平日足不出戶的她每當心情低落

就會釋出低溫，導致週圍結起冰霜。

「嘩……這次結冰比上個月更嚴重呢。」安娜帶著毛巾、地拖、膠桶和鐵鎚來到504號房門前。

「又來了嗎？雪姬這樣繼續下去也不是辦法呢。」住在樓下房間的貓女菲蕾也走到樓上觀看，冰結融化後的積水問題更會導致樓下天花板漏水和發霉。

「雪姬姐姐有自己的難處吧？我想她也不是有意影響到其他房客呀。」安娜以鐵鎚敲碎冰塊放到膠桶內，自雪姬入住以來，安娜已處理過相同的狀況無數次。

「難處？是為情所困吧，雪女族從古至今也是這樣，和人類糾纏不清，最終也是落得自己難過的下場。」菲蕾的房間內有很多價值不菲的珍品，包括金銀珠寶、古董名畫，若她的寶物受潮濕影響，以她剛烈的個性絕對會對雪姬大打出手。

「為了愛情而終日以淚洗面嗎？」安娜邊拖地邊問。

「你沒有拍過拖嗎？被人偷心的感覺比偷了所有財產更慘痛的。」這番話由俠盜貓女說出來對安娜來說很有說服力。

「沒……沒有。」安娜對戀愛也充滿憧憬。

「沒有喜歡的對象嗎？不計那些偶像明星。」菲蕾問。

「也沒有。」半人半吸血鬼的安娜連正常生活也成問題，更何況談戀愛。

「嘩……你這樣很不健康呀，終日困在三途賓館，又沉迷偶像、韓劇和漫畫，你這樣會變成腐女的！」菲蕾擔心著説。

「我也不想這樣呀！本來以為能在皇城集團好好當個秘書，過正常人的生活，但那個自戀狂會長超過份！超討厭！」安娜回想起就火冒三丈。

「皇城集團……啊！那個新會長是大帥哥！」菲蕾緊貼時事，更對富豪大户特別留意，因為這些人都是她盜竊的目標。

「是挺帥氣的……但個性超爛！人類中最爛！地球上最爛！唉呀！一想起他就氣得我連地拖也弄爛了……」安娜雖然有很多不愉快的面試經歷，但被如此奚落也是第一次。

「要不要由姐姐我去把他重要的東西偷走，好好教訓一下他？」菲蕾盤算著下一個偷竊計劃。

「那種自戀狂最重要的就是他自己！討厭討厭超級討厭！」安娜的腦海中還滿滿光臣的畫面。

「安娜，有人找你啊。」達倫走到五樓說。

「找我？這時候？」安娜從未有過登門拜訪的客人。

「他說自己是你的老闆。」達倫一臉疑惑地說。

在說著光臣壞話的時間，安娜想不到這個招她討厭的男人，會再次出現在她的眼前，更闖進她的人生。

較早前。

「金室長，我還有地方要去，你下班吧。」光臣一向由金室長接送，他不信任別人的駕駛能力，又覺得自己駕駛是一件浪費時間的事。

「好的，我會在會長室門外準備好安娜小姐的位置。」金室長猜到光臣的心思。

「你……不要想多，我不覺得自己有說錯。」光臣瞪了金室長一眼。

「啊，會長只是遵照老爺的安排，畢竟遺囑有法律效力，不是嗎？」金室長微笑回應。

「沒錯，只有這一個原因罷了。」光臣登上駕駛席，向充滿未知的三途賓館進發。

「為什麼……你會在這裡的？」兩手還拿著斷地拖的安娜問。

「履歷表上寫著你在三途賓館工作，原來你工作時是穿成這樣的嗎？」光臣站在三途賓館外，他不想進入看起來廉價的地方。

「我工作時穿成怎樣關你什麼事？你不是把我趕走了嗎？」安娜不明白光臣的來意。

「我的秘書就像是我的門面，一個衣不稱身的人，站在耀眼奪目的我身旁能不關我事

嗎？再說我們的對話沒有結束，是你未經我許可擅自離開。」光臣翹起雙手說。

「吓……是這樣嗎？」安娜感到疑惑，今早明明是光臣惡言相向，但想深一層的確是自己突然離開。

「我說的話是不會有錯的。我從來不給予別人第二次機會，現在我皇恩浩蕩，赦免你無禮的罪，你只需要抱著感激的心上車就行了。」光臣打算把弄哭安娜的事當作沒發生過。

「吓……要去哪裡呀？」安娜想踏出一步，卻又感到害怕畏懼。

「當我的隨行秘書有很多注意事項，第一，我叫你去哪裡就哪裡，不得過問！第二，在我說話後三秒內迅速採取行動！」光臣打開了副駕駛席的車門。

「三，二……」光臣見安娜還呆若木雞，於是大聲倒數。

「馬上來，馬上來！」安娜總算踏出了第一步，離開三途賓館，離開舒適圈的第一步。

「慢著。」光臣叫停了安娜。

「又……又怎麼啦？」安娜畏縮著說。

「不要把地拖帶上我的座駕。」把安娜的斷地拖扔到垃圾桶後，光臣終於帶著安娜離開。

「不得了……」一直在門口偷看的菲蕾和達倫震驚不已，皇城的國王竟然親自來迎接安娜。

「有什麼不得了？」黑色短髮的男生穿著黑色皮革和牛仔褲，他的樣貌和阿日十分相似。

「阿月，剛才皇城集團的會長來接走安娜呢，超靚仔，高富帥！」菲蕾對光臣的評價甚高。

「皇城集團？」606號房的房客一共有三個，阿月是和阿日同住的其中一個。

「今晚是……阿月出來的日子嗎？」保安員達倫擔心著問。

「啊，阿日那傢伙熟睡了，今晚是我去狩獵的時間。」三途賓館的房客全都不是普通人，阿日和阿月也一樣，他們是一種非常稀有的妖魔。

「希望阿月不要太亂來吧。」阿月和溫文爾雅的阿日截然不同，常常搞出爛攤子連累阿日。

「賓館以外的事就是個人的事，你也不用擔心這麼多啦，我前陣子偷了支陳年佳釀，有興趣一起喝嗎？」菲蕾喜愛杯中之物，她的房間除了珍品寶物之外更不乏美酒。

「要邀請唐醫生嗎？他今天沒有夜診。」在賓館行醫的木乃伊唐醫生和科學怪人達倫是相交了幾百年的好友，不老不死的兩人看著朋友一一離去，唯獨他們還擁有無盡的晚上。

「好，天台見！」菲蕾不時在盜竊中受傷，她已是唐醫生的熟客。

在三途賓館的人們都惺惺相惜，互相依靠，曾經人類之間的鄰里關係也是如此親密。時代變更了，科技進步了，但人類之間卻愈來愈疏離，彼此之間走得愈來愈遠。

「那個……會長，這時間……你到底想帶我去哪裡呢？」夜闌人靜，大多數地方已結束營業，安娜想不通光臣到底想帶她去什麼地方。

「快到了。」光臣不喜歡解釋。

光臣的目的地是皇城集團旗下的其中一個大型購物商場，這裡名店林立，是城中人流最多的商場，也是安娜從未踏足的一個地方。

「這時間商店都關門了吧，會長你為什麼要急於帶我來呢？」商場內大部分燈光已關掉，但還有零星店舖的燈光還亮著。

安娜在人多的環境會感到辛苦，因為血液的味道太過濃烈，所以安娜甚少出現在百貨商場，再者以她的經濟能力，就算來了也只有心癢難耐的份兒。

「因為我明天不想看到一個衣不稱身的秘書，這樣對我高貴的眼眸來說是一種懲罰。而這裡是皇城的商場，只要國王有需要，任何時候他們也必須打開大門。」光臣帶安娜來這裡的目的，是為秘書添置衣物。

「吓……明天？秘書？我真的可以當你的秘書嗎？」安娜以為機會已流失，在大集團工作只是泡沫般的幻影。

「試用期內，若然你無法達到我的要求，就算是老頭子的安排我也不會妥協。一個月後你要拿出證明回答我今早的提問：你，憑什麼擔任我的秘書。」光臣認為父親的安排一定有箇中原因，雖然從常理邏輯思考他找不到答案，但愈想不通的難題愈能挑起光臣的求知欲。

「謝謝會長！我一定會努力做個稱職的秘書，侍奉你左右的！」安娜愉快地跟隨光臣急速的步伐。

「侍奉就不必了，在完美的我手下工作，其實你也沒什麼事可幹，你只需要抱住感激

的心跟隨著我，別做多餘事項就對了。」光臣在名牌服裝店前停下。

「那我即是要當個花瓶嗎？」安娜在回想不同劇集中那些漂亮女主角的戲份。

「當花瓶最起碼也要長得漂亮、穿得漂亮，你現在比較像一個放地拖的膠桶，跟我來！」光臣轉身瞪著安娜說。

「會長！歡迎光臨！」因為會長大駕光臨，店內的職員緊張萬分。

「替這女生選幾套正裝，要令她站在我身旁也不會太礙眼的程度。」光臣走到沙發位置坐下，安娜趁他看不到一直在扮鬼臉。

如是者，安娜被職員帶到更衣室，換上一套又一套時尚又得體的服裝給光臣過目，安娜曾幻想過這樣不用理會價錢，在名店盡情試換不同的衣裳，只是她沒想過會以這形式實現，更沒想過每次換上新衣，會有一個男人在期待著她。

附錄 1 堤姆的日常

天竺鼠堤姆是天台屋的住客，除了照顧還未適應人界生活的安娜外，堤姆更是三途賓館附近一帶流浪小動物們的老大。

「和平的日子真好，這樣的好天氣最適合一邊吃剝好的瓜子肉一邊喝美式咖啡。」堤姆邊散步邊説。

「回去找阿日吧，他會幫我剝好瓜子。」堤姆喜歡使喚阿日，而阿日也不懂拒絕。

正當堤姆準備回賓館享受悠閑下午之際，小巷中的一群流浪貓吸引了他的注意。

「啊……發生什麼事了嗎？」堤姆上前觀看，發現駐守這條街的流浪貓正包圍一隻生面口的初生貓兒。

牠們在宣示主權，不准許這陌生貓分享牠們的食物。

「是新人嗎？年紀很小啊。」堤姆雖然細小，但卻有著大人物的威嚴。

「你說你是這條街的老大，不歡迎新人加入嗎？」堤姆複述著帶頭欺凌的黑貓的話。

「但這裡從何時開始，是由你話事的？」堤姆踏前問。

「你們吃不飽，挨風抵雨的時候，是誰照顧你們的？」堤姆才是街巷的老大，這裡的每一隻流浪貓都受過他的照顧。

「那現在你們要欺負這個曾經和你們一樣，需要幫助，需要支援的小傢伙嗎？」提姆嚴肅地問。

流浪貓們聽後都乖乖散去，小貓兒的身體才停止了抖動。

「你……是被人類丟棄的吧？」小貓兒連走路也走不穩，才出生不久就被放在紙箱丟棄。

「以後就留在這條街生活吧，這裡以後就是你的家，有需要就到三途賓館找我吧。」提姆拂袖離去，被提姆救過的貓兒，已多到他數不清。

但他還會繼續拯救下去，因為在人類的世界，他們都是異類，都需要幫助。

「明天帶些鮮奶給牠吧，小傢伙要吃多點才快高長大。」提姆回想起久遠之前，在他被拋棄而誤入歧途的時候，是一對帶著女兒的父母拯救了他，雖然他們已不知所蹤，但他還是一直留在他們的女兒身邊，給予她照顧和幫助。

「嗯……秘書要做的工作，我大概都知道了。」安娜用一整晚時間研究秘書的相關職務，但她的資料來源是韓劇的內容。

換好光臣添置給她的新衣裳，比起老舊的西裝，這身時尚得體的襯衫短裙亮麗得多，但安娜還是覺得有所不足。

「安娜？一大清早叫醒我幹嘛？」睡眼惺忪的菲蕾邊打呵欠邊說。

俠盜菲蕾擅長易容變裝，每次行動前她都會化身不同的人物接近目標，所以她的房間有大量服裝、化妝品和假髮，方便她以不同面貌示人。

「教你化妝？啊，安娜終於大個女，想誘惑男生了！」安娜想向菲蕾學習化妝技巧，她知道若然不下苦功，挑剔的光臣又會大發雷霆。

「不是要誘惑人啦！只是……因為要當秘書嘛……秘書好像全都漂漂亮亮、明豔照人。」安娜也想像劇集中的秘書，又美麗又能幹。

「放心交給我吧，這世上沒有醜的女人，只有懶的女人，加上安娜你本來就長得很可愛呀！只要稍為下點功夫，就能迷倒你的會長！」說時遲，那時快，菲蕾已把安娜拉到梳妝台。

而同一時間，光臣也一樣面對著鏡子，不過他還未換上衣服，而是赤裸著上身進行每朝的例行檢查。

「今天的我也是完美得叫世人羨慕……」光臣習慣每天早上健身跑步，沖過熱水澡後在鏡子前面檢視自己橫練的肌肉。

光臣獨居在三千呎的雙層獨立屋，工人會定時定候為他準備菜餚和打理家務，其餘時間獨立屋內就只會有光臣一個，因為光臣不喜歡與人相處。

「要在體態和五官也如藝術品般精雕細琢的我手下工作，對那丫頭來說應該太大誘惑了……」光臣欣賞著自己下巴的線條輪廓說。

天下之大，無奇不有，有人嘗試誘惑他人，也有人覺得自己過份誘惑。

「也不能怪她，造物弄人，這麼完美無瑕的我，無法不令世人感到負擔。」光臣滿意地自責。

「今天就特別體諒一下那凡人，遲三分鐘出門吧。」光臣想不到他的秘書會是吸血鬼，但他猜中了某人快要遲到。

「糟糕了！已經這時間啦！」顧著跟菲蕾學習化妝，安娜已錯過應該出門的時間。

「女為悅己者容，就讓他多等一下呀！」菲蕾慢條斯理的說。

「菲蕾姐姐！我是去皇城工作，不是去相睇呀！」安娜羞紅了臉奔跑出門。

「祝你工作順利啦！」然後菲蕾伸了個懶腰，準備回到床上再入夢鄉。

「安娜姐姐今天很漂亮啊。」安娜一步出升降機，就得到正在大堂踢足球的人狼兄弟，小智和小勇的讚美。

「謝謝，姐姐今晚回來請你吃好東西！」安娜中計了，小智很清楚只要哄得姐姐歡喜就會有食物。

「對了……我還未吃早餐……」正想踏出賓館大門，安娜的肚子咕咕作響。

烈日當空，加上空腹飢餓，對半人半吸血鬼的安娜來說，要踏出這一步絕不容易，現在要是走進人群之中，血液的香味會叫她難以忍受，形同折磨。

「安娜，我替你打包了早餐。」阿日走出咖啡廳為安娜送暖。

「果然，日哥哥是最細心的！」安娜欣喜萬分，阿日總是會在安娜需要人幫助時雪中送炭。

「聽說你要辭退管理員的工作，去皇城當會長的秘書，是真的嗎？」阿日是從阿月口

中得知這件事。

「嗯，我決定了……雖然在外面的世界會很艱難，但我要踏出第一步！要做一個稱職的女秘書！謝謝你的早餐呀！」安娜向前邁進，離開舒適圈最需要的不是際遇，而是不怕跌倒的勇氣。

阿日目送著安娜遠去，心裡既擔心又不是味兒。

「唔……不知道她能堅持多久呢？」提姆喝著咖啡說。

「提姆先生你不跟著她，不怕有問題嗎？」阿日問。

「孩子終有一日要長大，不再需要大人監護，你也一樣……不能讓那個他一直做個受保護的小孩。」提姆指的他，阿日心裡明白。

606號房的房客有三人，溫柔體貼的阿日、好勇鬥狠的阿月，還有不願長大的星仔。

皇城集團大樓，新任會長光臣正式就任，大門外整齊排列著兩行高層員工，向從轎車下來的光臣鞠躬敬禮。

「只會做些門面功夫討好人，前任會長是這樣教育他們的嗎？」光臣沒有理會眾人，保持一貫急速的步伐走向升降機大堂。

「少爺……不，會長，很少見你會比正常時間遲出門呢。」金室長每朝迎接光臣，他很清楚主子的生活習慣。

「有問題嗎？」光臣不想回應。

「當然沒有，但少爺……不，會長，為什麼你要我在附近多兜幾個圈才回公司呢？」光臣不喜歡遲到，時間就是金錢這是他的格言。

「金室長，你今天很多問題呢。我高薪聘請你是來問我問題的嗎？不是幫我解決問題的嗎？」光臣不耐煩地說。

「我擔心……少爺……不，會長你是不是第一天上班太緊張，所以未習慣嘛。」金室長笑著說。

「像我這種優秀的人才又怎會有這種凡夫俗子才有的問題？我是免得第一天上班的安……」光臣知道自己已跌入金室長設的圈套。

「啊，原來是因為安……」金室長知道光臣的每一個異常舉動一定有原因，光臣是自

我約束力很強的人，也是這份約束力令他沒有成為遊手好閒的二世祖，而是完美主義的富二代。

「金室長你今天再有問題的話小心飯碗不保。」既是重臣也像親友，光臣想生氣也氣不來。

「早安！」升降機門打開，束起了馬尾的安娜，站在她的工作崗位向光臣問好，她的位置正面向著大門，方便她接待來賓，而光臣的會長室就在安娜的左手邊不遠處，方便回應光臣的呼喚。

「你還是學生嗎？早安……」光臣瞄了安娜一眼便走向會長室，但在他推開房門前卻突然停下。

「今天的你，比較像個花瓶了。」光臣說罷沒有等候安娜回應就進入了會長室，只顧自說自話是光臣的習慣。

「吓……吓？這算是稱讚還是什麼呢？」安娜聽得一頭霧水。

「當然是稱讚，會長的個性比較別扭，我代他正式歡迎你的加入，我是秘書室長，叫我金室長就可以了。」金室長笑著歡迎安娜。

「你好！我是今天入職的安娜！」安娜緊張地和金室長握手。

「那個……請問我有什麼工作要做呢？」安娜只知道自己的位置，卻不知道工作該從哪裡開始。

「今天你就先熟習一下環境，看看資料了解下公司的業務吧，會長的職務繁多，當他的隨行秘書會有很多事務要處理，但慢慢來吧……會長會明白的。」金室長不想嚇怕安娜，他知道在會長心目中安娜已過了第一關。

能讓把時間看得比金錢更重的光臣刻意遲到，這證明光臣願意留住這個人，身為隨行秘書必須比光臣更早回到工作崗位，整理好當天的日程表，知道安娜初來埗到，光臣選擇了以自己的方式去體諒。

而光臣沒有猜錯，若光臣準時出門的話，就會錯過在升降機門的一刻看到安娜等待自己的模樣，那刻意的遲到，那多兜的幾圈，是精準的失誤。

皇城集團接觸的業務繁多，而光臣離開故鄉多年，雖然已在短時間掌握公司過去營運的模式，但要在一個月後令公司股價反升百分之十，這並非易事。

剛上任的光臣除了帶著安娜和金室長不停走訪各地，巡視業務外，在車上的光臣幾乎每分每秒都在翻閱文件。

「不明白……連我轉數極高的大腦也想不到合理的答案。」光臣苦惱著說。

「會長指的是……老爺生前擱置的項目嗎？」金室長知道光臣讓股價回升的策略，是推出新發展項目，而上任會長留下不少中途擱置的項目。

「對，有些計劃書已很完善，而且配備也準備就緒，只要立即進行施工，消息一公佈已足夠令公司股價升八至十個百分比，我找不到放棄這條大魚的理由。」而其中一個大型建設項目吸引了光臣的目光。

「老爺行事出人意表，但我相信箇中一定有他的原因。」金室長年輕時已跟隨著光臣的父親。

「不，老頭子行事隨心所欲，沒有原因也不足為奇。」自小被送到國外的光臣對父親十分陌生，他願意回來繼承父業，是另有原因。

「咕……」自從坐上轎車開始，安娜一直保持著繃緊的笑容。

「為什麼我靈敏的耳朵總是聽到節奏奇特，而且令人不暢快的嘰嘰咕咕聲呢？」光臣望向發出聲音的來源，安娜的肚子說。

「不！不是我發出的！」安娜掩著肚子回應。

「做我的秘書第三個注意事項，不准說謊。」光臣瞪著安娜說。

「嘰咕……」犯人安娜的肚子提交證據。

「午飯時間才過了沒多久，你這麼快就肚餓？沒吃午飯嗎？」光臣繼續盤問。

「人家……最近在減肥嘛，所以還是有一點點肚餓。」安娜尷尬地回應。

「減肥就不要肚餓，肚餓就不要減肥，你折磨自己是你的事，但用這不知羞愧的肚子發出噪音來滋擾我的耳朵，實為罪過。」光臣指著安娜的肚子說。

「怎麼你老是指著女生的肚子說話呀……這樣很無禮貌的……」安娜別過臉去，她並沒有減肥，也吃了份量充足的午餐，只不過沒有人類的鮮血，加上在日照下消耗比較大，安娜才飢餓難耐。

「比你的肚子更沒禮貌？瘦成這樣還學人減肥，愚昧。」光臣沒好氣地說。

「安娜小姐，車上有一些蛋糕茶點，不如⋯⋯」金室長話未說完，光臣已開口插話。

「不准！那是我的下午茶，誰敢碰我的下午茶立即革職！」光臣每天也吃相同的下午茶，五星級酒店大廚炮製的草莓蛋糕是他的不二之選。

「真小器⋯⋯小器自戀狂⋯⋯」安娜輕聲說。

「不要以為悄悄話就能瞞過我的耳朵，不想被我責罵就好好吃飯，唉呀⋯⋯」光臣不小心被紙張刑傷了食指，對安娜來說濃烈香甜的氣味充滿了車廂。

「會長大人！不如我幫你吸啜一下！」强烈的飢餓感加上受優質飲食昇華的光臣血液，安娜快要忍不住了。

「你沒常識的嗎？這情況你應該為我獻上膠布，而不是你滿佈細菌的口腔呀。」光臣看到正在流口水的安娜不寒而慄。

「不，口水能殺菌的，你放心讓我吸啜吧！」安娜捉住光臣的手腕，口水快要滴到光臣的手上。

「變態癡女⋯⋯別碰我尊貴的身體，我好比藝術雕塑的身體並不是為了讓癡女吸啜而鍛煉的！」光臣以另一隻手擋住安娜的頭顱。

「呀……對不起！是我太失禮了！」安娜急速放手轉開臉龐，她的吸血鬼尖牙情不自禁伸了出來。

「第四個注意事項，未經我許可不得接觸我的身體！」光臣討厭被觸碰。

「你還有多少注意事項？不如一次過說出來啦……」安娜掩住口鼻和嘴巴，她現在只希望盡快到達目的地，逃離這充滿誘惑的香味。

「我一次過說出來，憑你這塞滿草的大腦能記清楚嗎？分開說出來是對你這凡夫俗子的體諒呀！」光臣覺得自己是個完美的上司。

「呵呵……自從安娜小姐來了之後，車廂也變得熱鬧起來，不經不覺已經到達目的地了啦。」金室長笑著說。

「得救了！」安娜急忙打開車門深呼吸了一口氣，平常光臣身上已散發濃郁的香味，現在傷口外露那香氣更令安娜難以抗拒。

「古古怪怪……金室長，帶我去找負責這項工程的判頭。」光臣就任後第一個推行的計劃，就是完成擱置多年的大型高爾夫球場度假村，這廣闊的山林土地已歸皇城集團所有，但在伐木移山的施工過程中卻突然終止。

十年過去了，工程沒有復工，土地也沒有改變用途，就這樣荒廢所損失的金額實屬驚人的數字。

「會長你有所不知了……不是我們不願開工，而是因為這裡……有不能招惹的東西。」承接這工程的公司不止一家，但每一家也是中途放棄。

「這世上最不能招惹的東西就是我，若然你沒有合理的解釋，就明天開始復工，你收了我們的錢，就得完成你的工作。」光臣對判頭說。

「前會長也是明白我們的苦處，才沒有向我們追討回酬金，觸怒這座山……會招來厄運的。」判頭說著額頭也冒出冷汗。

「你是不是有認知障礙？山是死物，何來觸怒可言？你觸怒我我就擔保你一定厄運連連。」光臣不信鬼神之說。

「或者會長你不相信，但這座山有山神守護著……每晚我們帶來的機械設備都會受到嚴重破壞，器材上的野獸爪痕更又深又長……」十年前的畫面到現在還在判頭腦海，揮之不去。

「只是住在山林的野獸搗亂罷了，有必要說得如此誇張嗎？」而相比鬼神之說，光臣

更不相信人類。

「有一晚……我們親耳聽到山神的警告，若我們再不離開，他就會把我們一個一個吃掉……那把低沉的聲音我到現在還記得，有幾個工人更在之後連續發了幾天高燒，大家都說在夜闌人靜的時候，總察覺到有一對細長的綠色眼睛在盯著他們……直至會長擱置了這項計劃，大家才沒有再看到那對眼睛。」判頭把十年前不可思議的事和盤托出。

「山神？」安娜露出疑惑的表情。

安娜見過妖魔，但神明她就未曾見過，曾經她多次向人類信奉的神明許願，祈求父母早日歸來，但神明沒有回應安娜的許願，所以她也不相信漠視她痛苦的神明。

「荒謬，你以為用這種無稽之談能説服我放棄牽涉利潤數以億計的發展項目？不可能！」單憑判頭的一面之詞，無法叫光臣信服。

在安娜數算著一個億有多少個零的時間，光臣已下定決心，大型高爾夫球場度假村的復工事在必行，要在一個月後用業績證明自己，這項目不容有失。

「會長，判頭的神情，不似是在説謊。」金室長閱人無數，能從肢體動作看出一個人有沒有在説謊。

「他有沒有說謊我無興趣知，神也好、鬼也好，有話想說就站出來和我協商！」光臣只相信自己能掌握的東西。

不消半天，大批工程車輛載著重型器材已到達發展用地，光臣不懼山神的謠言，他要證明父親當日的決定是錯誤的。不只擱置這項目的決定，光臣想證明他的父親所有決定也是錯的。

附錄2 菲蕾的日常

俠盜菲蕾是一名貓女，藉著敏捷的身手和無聲的腳步，盜竊多年從來未失手過。

「菲蕾，其實你不用再給孤兒院這麼多援助金呀，有皇城集團的資助，我們還是足夠應付日常開支的。」伊甸園孤兒院，是光臣父親出資建立，專為妖魔提供支援的慈善機構。

「收下吧，多出的就替孩子們添置一下衣物，更替那些老舊的設施，就當為這些錢財的主人行善積德吧。」菲蕾打了一個呵欠，在陽光充沛的下午，菲蕾大多會在賓館天台午睡。

三途賓館的天台除了安娜的住所外，還有不少枱櫈供住客休息聚會。

「你還在……當小偷嗎？」院長擔心地問。

「院長，我是劫富濟貧，重新分配社會資源的俠盜，不是小偷。」菲蕾對貧者愈貧，富者愈富的世道十分不滿。

「上得山多終遇虎，我只希望你能平平安安。」菲蕾曾在孤兒院生活過一段時間，頑皮好動的她一向不肯服從。

「放心吧，貓有九條命，我不會這麼容易有事的。」菲蕾對自己的身手充滿信心。

除了午睡和探訪孤兒院外，菲蕾的日常還經常做一件事。

「別急別急，人人有份，永不落空呀。」就是餵飼賓館附近一帶的流浪貓。

「你們不准打架，知道嗎？」菲蕾是流浪貓之間的女神，經常走訪世界各地的她也算是過著流浪的日子。

「什麼？堤姆欺負你們？他説自己是這一帶的老大？」而貓和鼠兩個物種，永遠是天敵。

「天竺鼠！你竟敢欺負我的手下？」於是菲蕾走去跟堤姆理論。

「笑話……是你管不好自己的手下。」但天竺鼠堤姆是不怕貓和貓妖的。

「看來今天我們之間要一決高下，看看誰是這一帶的老大呢。」菲蕾指甲變長，而且鋒利無比。

「是你要出醜人前，別怪我不手下留情呀。」堤姆擺好架式，不甘示弱。

「喵……」前陣子得堤姆相助，還年幼得走路不穩的小貓兒想走到兩人中間勸交，但不小心滑腳跌低。

「好可愛……姐姐不是在發惱，乖，不用怕。」菲蕾把小貓兒抱入懷中。

「今天的事就算了吧，新來的，這鮮奶給你，要快高長大啊。」堤姆放下盒裝牛奶後

轉身離開，瀟灑的天竺鼠不需要別人道謝。

「喵……」小貓兒向菲蕾解釋提姆保護了牠一事。

「原來如此，他是你的英雄，你也想長大成能保護弱小的漢子嗎？」菲蕾看著天竺鼠的背影，想起自己迷失在人界的時候，曾經也有人保護過她，把她送到孤兒院中安穩成長。

今日令富豪聞風喪膽的俠盜也有過不可告人的往事，但在三途賓館的她不會是令人擔憂的盜賊，而是親切爽朗的貓女。

「好肚餓……」結束了第一天工作的安娜終於順利回到三途賓館。日照加上飢餓，安娜能挨過這一天真的很不容易，特別是在鮮甜味美的光臣身邊，安娜每分每秒也在和慾望對抗。

「安娜姐姐，歡迎回來！」人狼小智和小勇在大堂等候已久。

「哈哈，你們有這麼想念姐姐嗎？」安娜摸著小人狼的頭顱，以為自己很受小朋友歡迎。

「安娜姐姐，為什麼你兩手空空的？」小智睜大圓圓的眼睛凝望著安娜。

「好吃的呢？好吃的東西在哪裡？」小勇流著口水說。

「對不起，我忘記了……」辛苦了一天，安娜已忘記早上對小人狼作出的承諾。

「嗚……姐姐……騙我。」小智哭了起來，小勇也受感染放聲痛哭。

「小智小勇，要吃蛋糕嗎？」幸好阿日早有準備。

小人狼聽到蛋糕二字眼前一亮，眼淚鼻涕統統消失。

「要吃就入咖啡廳洗手坐好，不要阻住安娜姐姐休息呀。」阿日接手應付這兩隻為食狼，安娜才有時間面對另一個煩惱。

「謝謝日哥哥……對了，今天賓館沒有特別事發生吧？」安娜還未算完全脱離管理員的職務，因為這需要一個人的允許。

「那個……」阿日欲言又止。

三途賓館有一個並不是經常回來的人，但只要她一出現，房客們都會緊張萬分。

「包租婆回來了。」阿日説。

601號房是屬於包租婆的房間，日式的裝潢，木製的家具，地上還鋪上塌塌米，包租婆是在妖魔之中聞名的九尾妖狐。

「四葉姨姨……哈哈，好久不見了……」安娜跪坐在塌塌米上向包租婆敬禮。

「是姐姐，再被我聽到一聲姨姨就加你房租！」九尾狐四葉十分在意年齡，她認為只要保持一顆少女心，無論年紀多大也是一名年輕的少女。

「明明和我媽媽同齡卻迫人叫姐姐……」安娜別過臉輕聲説。

「廢話少講，交租。」四葉會出現在三途賓館的時間，大多是為了休息或收租。

行走江湖的九尾妖狐，在人類世界不斷支援弱小和受傷害的妖魔，而除此之外，四葉多年來仍然在打聽關於安娜父母的消息。

「哈哈……四葉姐，可以通融一下嗎？」安娜立即改口。

「你不是找到工作了嗎？皇城會長的俏秘書。」而四葉此行回來，是因為知道安娜找到工作。

「四葉姐果然神通廣大，但我不是什麼俏秘書啦，那個會長是個自戀狂來的，我相信世上除了自己之外，他對什麼人也沒有興趣。」安娜說。

「融入人類社會，你沒有問題吧？」四葉是出於擔心才特意回來。

四葉和安娜的父母情同手足，失蹤友人的女兒她視如己出。

「我也不知道啊，那自戀狂很挑剔，好像做什麼也不合他心意。」安娜猜想要令光臣滿意會是難過登天的事。

「我是指『血癮』，你應該知道被人發現你是吸血鬼的話，會很麻煩吧？」在人界吸血除了會曝露身份外，更是違反人界規定的罪行。

「當然知道，放心，我忍耐力很強的！」安娜拍心口說。

「對了……四葉姐，你聽說過山神這回事嗎？」既然妖魔界的前輩近在眼前，安娜決定向她請教一下這令她十分在意的事。

安娜把今天在施工場地聽到的山神傳說告訴四葉，希望從中得知有關山神的資訊。

「人類自有文明以來就產生了不同的信仰，在東方存在不少和山神有關的傳說……人類需要採納山的資源，但山卻是充滿神秘和危險的地方，所以人類相信山有自己的守護神，觸碰山的同時要顧忌不可觸犯山神。」四葉解釋著說。

「如果真的要觸碰山，那要怎樣做才不會觸犯山神呢？」安娜好奇地問。

「祭品，人類相信只要定期進貢酒和肉，山神就不會遷怒於人類，但有些極端的例子……人類會把妙齡少女當成活祭品供奉給山神，但這些都是古老的傳說，人類的科技逐漸發達，發展的力度無視自然界的一切，就算有沒有山神，也阻擋不到人類發展的慾望。」四葉在人界看到的，是貪無止境的人類。

「如果是這樣的話……前會長又為什麼擱置發展項目呢？」安娜不明所以。

「照你所說……與其說是山神，更似是有山妖作祟。」四葉說。

「山……妖？」對安娜來說，妖比神親切得多。

「棲息於山林中的妖怪，日子久了被當成神明流傳，這情況不罕見呀。並非所有妖魔也願意偽裝成人類，配合他們的生活方式過活，也有些妖魔情願回歸自然，以野獸的姿態過原始生活。」三途賓館只是其中一種選擇，在人界的妖魔過著形形色色的生活。

「唔……那他們會襲擊人類嗎？」安娜擔心光臣的計劃不能順利進行。

「若然在人界的妖魔襲擊人類，那就是相關部門要處理的問題了……你還是不要多管閒事，萬一你吸血鬼的身份曝光，你就無法繼續俏秘書的工作啦。」四葉希望安娜能好好融入人類社會，妖魔在人界實在難以過活。

「對了，那我管理員的工作……」安娜覺得也是時候正式辭職。

「繼續呀，反正你晚上精力充沛，而且你隨時也有被革職的風險，早上當秘書，晚上當管理員，沒有牴觸呀。」四葉拒絕安娜的請辭。

「吓……那會很疲倦呀……」安娜苦著臉說。

「活著本來就是很累人的事，辭職一事待你過了試用期後再討論吧。」四葉希望成為安娜的後盾，就算社會不容納她，還有三途賓館能讓她安枕。

「好的……沒其他事的話，小人就先行告退啦！」辛勞的一天過去，安娜現在只想攤在床上休息。

「四葉，你不用太擔心呀，安娜也二十歲了，是時候獨立了。」堤姆說。

「就是這樣我才擔心，如果她不能好好成長，我就愧對了她的父母，那不惜犧牲自己

也要保衛這醜陋世界的父母……」四葉每當說起安娜的父母就忍不住眼泛淚光。

「還是打聽不到他們的消息嗎？」堤姆深信他們吉人自有天相。

「沒有消息……但總比收到壞消息好。」四葉也是這樣安慰自己。

在人界，有關妖魔的消息都是壞多於好，安娜向四葉詢問山神的同時，光臣也一樣在搜集關於山神的資訊。

深夜的施工場地寂靜無人，月色之下一雙綠色眼睛透著詭異的光芒，山林中刮起似是神明震怒的狂風，山的主人正為再次受到侵犯而憤怒。

「十年過去……愚蠢的人類還是明知故犯。」深長的爪痕劃破鐵皮大車。

「我不犯人，你們卻咄咄逼人……」長直的鋼材被屈曲折彎。

「非要血染這片土地，才能叫人類吸收教訓嗎？」鳥飛獸鳴，似是感覺到山神的憤怒。

山神的存在，從來不是為了得到人類的敬仰，他們是一種象徵，象徵世上有人類不該觸碰的東西，那種東西，叫平衡。

翌日早上，安娜拖著疲憊的身軀回到皇城，雖然她沒有遲到，但是秘書室已經非常熱鬧。

「早上好……大家今天真早啊，是發生什麼事了嗎？」在頂層升降機右邊的是會長室，而左邊的分別是會客室和秘書室。

由於會長需要處理的事務繁多，為了分擔會長的職務，所以設立了秘書室，包括金室長和安娜，還有資歷豐富的高女士，擺滿一桌子卡通首辦的肌肉男比利，以及木無表情，只顧埋頭工作的四眼女生阿惠；一共有五名職員。

「山神出現了。」金室長收到判頭的來電，擺放在施工場地的機械器材全部遭受到破壞。

「這種不科學的說詞，說服不了會長吧？」比利邊舉著啞鈴邊說。

「相比起山神，我認為是保育團體的惡意破壞和造謠的可能性更高。」阿惠輕托眼鏡說。

「高女士你認為呢？」金室長問。

「十年前前會長擱置這項計劃時，沒有向我們解釋原因，不過他對這件事一點也不覺

得可惜，他認為世上有一些利益是不該貪圖的，我還清楚記得他當時的表情，滿足亦無憾。」高女士跟隨前會長的時間不下金室長，而金室長和她亦是多年的老朋友。

「荒謬，世上沒有不該爭取的利益，他的說法只是在掩飾自己的無能，我和他不同，我不會找藉口，也不會逃避現實。」光臣站在安娜身後說。

「會長！你走路也是沒有聲音的嗎？」安娜嚇了一跳。

「是你顧著和他們胡說八道才不知道我來了，身為我的隨行秘書，你知道你每天的首要任務是什麼嗎？」光臣不滿地問。

「請問是什麼呢？」安娜一頭霧水。

「在升降機門打開時向受萬人景仰的我說早安呀！不然我安置你在那裡幹什麼？」光臣說罷向升降機方向邁步。

「昨天才取笑我像學生……這個五時花六時變的自戀狂。」安娜別過臉輕聲說。

「還不跟著來？想減人工嗎？」光臣邊走邊說。

「安娜小姐不要介意，少爺……不，會長他只是開玩笑罷了。」金室長微笑著說。

「應該只有受萬人景仰的他才覺得好笑吧。」安娜沒好氣地說。

「會長想開玩笑，想哄一個人開心，是十年難得一見的事呀。」金室長的眼神像一個慈祥的父親。

「哼，到底是怎樣的成長環境才會培養出這麼怪異的人呢？」安娜跟著金室長輕聲問。

「會長有不想讓人知道的過去，我想若他告訴你的時候，就是他完全信任你的時候。」金室長說。

金室長的話有一半沒有說出口，那是在當光臣完全信任安娜，當為朋友，也當為家人的時候。

走訪了數個業務場地後，光臣帶著金室長和安娜去到一間高級餐廳享用午膳。

「安娜小姐，不用客氣呀，請起筷吧。」金室長為安娜一臉驚訝的表情而忍俊不禁。

「這麼豐富的午餐……一定很昂貴吧？」精緻的分子料理擺滿餐桌，安娜從未享受過這種待遇。

「你給我吃飽一點，我不想再聽到你無禮的肚子發出悲鳴。」光臣每道菜式也淺嚐一

口，細味咀嚼，在品嚐每道菜式之間以清水清理味蕾。

「好好味……」入口溶化的口感和濃郁的味道，安娜感動得眼泛淚光。

「吃完之後明天整理一份報告給我，不是小學生讀書報告的那種，要詳細、獨到、尖銳、精闢。」光臣不會平白請安娜吃上高檔料理。

「吓……吃個飯也這麼麻煩嗎？」安娜的感動一掃而空。

「因為會長有意對這餐廳的主廚挖角吧？」金室長熟知光臣的想法。

「會長打算開餐廳嗎？」安娜邊吃邊說。

「施工計劃會如常進行，那裡自然需要合適的餐飲服務，這裡主打以有機食材製作的素食分子料理，味道也不辱我嚐盡珍饈百味的味蕾，算是合格的候選吧。」能讓光臣作出合格的評價，已經足以得到米芝蓮三星的評級。

「但是……山神昨晚不是發出警告了嗎？會長你不害怕嗎？」安娜還未搞清楚山神的真面目，只知道山神對侵犯山林的人抱有敵意。

「我從來不會畏懼看不見的東西，有話想說就站出來，藏頭露尾的傢伙算什麼山神？」無論是神是鬼，光臣也要用自己的雙眼去見證。

「我特別恩准你休息半天，今晚凌晨我和金室長再去接你。」光臣站直身子。

「吓……咳！接我去哪裡？」安娜差點被食物噎到。

「去讓那山神知道，誰才是那山林的主人。」光臣已有所準備，重啟發展項目關乎他會長之位會否被動搖，他的兄長和姐姐不會放過拉他下馬的機會，光臣要面對的不止深不可測的山神，還有不懷好意的人心。

深夜的三途賓館大門外，兩個高大帥氣的男生正敵視著對方。

「阿月？今天是你出來的日子嗎？」安娜知道光臣已到來，急步走出大門。

「啊，這個小白臉是誰？為什麼他會出現在這裡的？」阿月一副不滿的表情說。

「他是我的老闆呀，別說這些了，你臉上的傷痕是什麼回事？」和照顧安娜的阿日相反，阿月是個需要被囉嗦的人。

「安娜，這個流氓是誰？為什麼他會糾纏為服侍我而存在的隨行秘書？」被說是小白臉的光臣立即還以顏色。

「他是賓館的房客呀，我什麼時候變成為服侍你而存在的？」安娜不明白兩個大男孩為何針鋒相對。

「今天、剛才、上一秒！而我現在需要你緊貼陪同，上車、立即、這一秒！」光臣是個霸道的人，被他看中的話便會志在必得，誓要爭取到手。

「阿月，我先去工作啦，傷口記得要消毒、塗藥膏，不然會在日哥哥臉上留下疤痕的啊！」安娜邊説邊被光臣拉到車廂內。

「再見了，流氓。金室長，出發。」光臣迅速關上車門，像是不想被阿月再看著安娜一樣。

「我會記著你的，皇城的小白臉。」阿月和阿日有著相同的長相，因為他們共用著同一副身軀。

「你住的賓館真是品流複雜。」光臣還是對阿月懷恨在心。

「小人又怎像高貴的會長大人住在豪宅大户，隔籬鄰舍都是達官貴人呢？」安娜開始學會配合光臣的説話方式回應。

「説得對，若你有需要，寬宏大量又體貼下屬的我可以為你提供員工宿舍。」光臣覺得能在他手下工作是三生有幸的事。

「不用了，三途賓館是我的家，那裡有我的家人，會長的好意，小人心領了。」但安娜有著富甲一方的光臣沒有的東西。

「家人嗎？」互相守望的家人，光臣已一個也沒有，勾心鬥角的兄弟姊妹，光臣倒是不缺少。

「會長，到了。」金室長看到大隊已整裝待發，施工場地除了建築工程團隊，還多出佩戴槍械的軍裝部隊。

不只武裝部隊，刺鼻的味道更瀰漫空氣中，上百罐汽油桶整齊排列，足以把這山林變成火海。

「會長，這些人是？」安娜有不好的預兆。

「用來和山神協商的籌碼。」光臣昂首闊步，無論是神明還是妖魔，他也有自信達成目的。

「金室長，你和他們在這裡候命，我親自去拜會一下這位山神。」光臣說。

「會長，我也跟你一起去！」安娜不想看到生靈塗炭，無論受害者是神明、妖魔，還是人類，安娜也不認為這是最佳的解決方法。

「隨便你。」光臣沒有猶豫，滿月下的山林內已響遍鳥鳴狼嚎，牠們不歡迎人類，也不歡迎吸血鬼。

山林之內，光臣一股勁向山的深處進發，沒有留意跟不上他步伐的安娜已落後了許多。

「會長……可以行慢點嗎？」安娜拐著走動。

「為什麼？又要跟著來，又要我減慢步速，你以為我是來遊山玩水的嗎？」光臣翹起雙手問。

「不，因為這雙高跟鞋，刮傷了腳踝……」安娜一雙腳踝的後方也擦傷了表皮。

「明知要走山路為什麼還穿高跟鞋？」光臣翻找西裝口袋。

「我不想影響你的形象嘛……」安娜知道自己的工作能力還未能達標，不想連外觀儀容也不合光臣眼光。

「坐下，膠布是秘書應該隨身攜帶的東西，而不是要會長來準備。」光臣把安娜拉到路旁的大石，讓安娜坐下的瞬間脫下她的高跟鞋。

「我自己貼就行了！不……」安娜感覺不好意思，但光臣已迅速撕下包裝貼。

「別動，能得到我體貼入微的照料，是你的榮幸。」說時遲，那時快，光臣已貼上膠布。

「謝謝……」安娜緊張地拉著裙子，和男性靠得這麼近，是她長大以來的第一次。

在學校時總是疲憊不堪，雙目無神的安娜，沒有願意和她親近的朋友，同學在陽光下灑汗享受青春，安娜只能躲在暗處等待夜幕降臨。

光臣輕握住安娜腳腕準備幫她穿上鞋子之際，閃亮綠光的眼睛不知不覺已和他們愈來愈接近。

「會長！」安娜察覺妖魔的氣息迅速接近，立即把光臣撲倒在地上。

「變態癡女，雖然我俊朗的外表和符合黃金比例的身體的確引人犯罪，但你竟想在荒山野嶺把我據為己有，實在罪無可恕！」光臣討厭被別人觸碰，但若非安娜反應迅速，血花四濺的就不是安娜，而是光臣。

「觸犯山林者，不得好死……」襲擊安娜的身影又再隱藏到山林之中，碧綠色的眼睛緊盯著獵物。

「這氣息……阻止施工進行的果然是妖魔……」安娜左肩被利爪抓得皮開肉綻，流出的鮮血染紅了整條衣袖。

「安娜！」光臣緊張萬分，若非安娜為他擋下奇襲，光臣可能已身首異處。

「只要是想破壞山林的，無論是人或妖魔也不可饒恕！」然而碧綠色的眼睛並不止一對，他們傳來的聲線也不如判頭所說的低沉。

利爪再次迅速接近，安娜清楚看到三個啡紅色的身影正迎面而來。

「不准你們傷害會長！」黑色的蝙蝠翅膀從背部撐破衣服，危難當前安娜不能再隱藏吸血鬼的身份。

「這……這是？」受黑翼包裹保護的光臣目瞪口呆，這晚上超出他認知的，除了山神，還有吸血鬼。

附錄 3 阿月的日常

三途賓館 606 號房住著三個房客，阿日是個善良的大哥哥，每天一早到咖啡廳工作至下午六時，六時之後，便很少再見到阿日的蹤影。

因為太陽下山後，就是阿月的時間，和阿日長著相同的臉蛋，髮色卻由白轉黑，阿月和阿日共用著同一副身體，他們是稀有的妖魔——三頭犬。

夜幕下的酒吧街，這裡是城中治安最差的地帶。非法賭博、毒品交易、人口販賣，在這地帶中正不停發生，人類的執法部門不敢插手干預，因為掌控這裡的暴力集團除了人多勢眾外，還僱用了妖魔當保鏢。

「為什麼這麼吵的？」貴賓房內的光頭集團首腦問。

「老大，有人來搗亂……是上次毀壞賭場的黑髮小子。」負責保護光頭首腦的是三名穿黑西裝的胖子。

「竟敢單人匹馬闖入我的地盤，好好招呼一下他吧。」光頭首腦說。

直闖酒吧大肆破壞的黑髮男子犬齒尖鋭突出，兩手長有濃密的黑色毛髮，指甲如刀鋒般鋒利。

「大家也是妖魔，你為什麼要妨礙我們？」三個胖子拿著長長的鐵叉展現真身，變成

四肢粗壯、挺著大肚腩的豬妖。

「因為我看不過眼，過來讓我揍一頓吧，三隻小豬。」黑髮男子無懼以一敵三，直奔向三人中間。

利爪擋開鐵叉，身手敏捷的他痛毆前方遲鈍的豬大哥，但雙拳難敵四手，黑髮男子背部被另外兩人以鐵叉刺傷。

「攀附權貴、借紂為虐，你們是妖魔界的恥辱！」痛楚令黑髮男子戰意更高昂，一聲怒吼把兩隻肥豬震開。

「弱肉強食，適者生存，我們沒有做錯……」豬妖嚇得跌坐地上，三隻小豬在三頭犬面前只是待宰羔羊。

「正因為弱肉強食，所以比較強大的我來制裁你們了。」男子狠狠教訓三人，再把這一帶的娛樂場所夷為平地。

破壞過後，黑髮男子抱著一個年輕女生去到貧民區一個老人的家裡。

「婆婆……」女生落淚走到婆婆身邊。

「謝謝你，我不知道該如何報答你才好……」婆婆感激不盡，她的孫女早前被酒吧街

的人強行帶走，同類的事件經常發生在無人保護的貧民區內。

「不用，我只是看不過眼罷了。」黑髮男子轉身離開。

「請問……你尊姓大名？」女生想他日有機會報答救命恩人。

「阿月，三途賓館的阿月。」黑髮男子就此消失。

三途賓館606號房內，阿月望著洗手間內的一面鏡子，烏黑的頭髮變成白色，他慢慢戴上眼鏡，然後合上眼睛。

「辛苦你了，阿月。」人格轉換回咖啡廳的店長阿日。

阿月和阿日共用著同一副身體，但他們的性格有天淵之別，溫柔的阿日不喜歡動用武力，但率性的阿月喜歡抱打不平。

地獄之門外有沒有三頭犬我們並不知道，但三途賓館之內，的確有三頭犬在鎮守。

黑翼擋下了三方突擊，安娜展開雙翼把三人揮撥出去。

「小孩子？而且有三個？」綠色眼睛的妖魔留著蓬鬆凌亂的紅色長髮，安娜沒想到阻止工程進行的，原來只是十多歲的小孩。

「安娜你是……」而令光臣感到驚訝的不是山神出沒，而是長髮變成白色，背部長有一雙翅膀的安娜。

披著獸皮異服的三個紅髮小孩頭上都長有獸耳，長長的狐狸尾巴向後豎起似在警戒外敵，他們是流落人界的妖狐族中的獨特的一群，崇尚自然生活，遠離人群的「碧眼妖狐」。

「吸血鬼？人類全部都是壞人，你為什麼要保護非我族類？」隨著人類不斷破壞自然生態，他們的生活便變得愈來愈艱苦，他們是受迫害的，仇視人類的一群。

「也不是全部人類都這麼壞啦……而且你們不能傷害人類，這樣會觸犯人界條例的。」安娜不想事態發展得嚴重。

「那人類傷害我們就合法？十年前也好……現在也好，人類都是不守信用，自私自利的種族！」孩子們經歷過被追殺、被破壞家園，所以對人類只有壞印象。

「姐姐，毋須浪費唇舌，殺了他們再埋在山上吧！」三名小妖狐，是三姐妹。

「言語無用……難道真的非要動用武力不可嗎？」安娜的吸血鬼獠牙漸漸伸長，論兇猛程度，吸血鬼絕不下於妖狐。

「全部停手！」受現實所衝擊，還未摸清狀況的光臣挺起胸膛擋在安娜前面。

「會長……」安娜一心想保護光臣，卻無想到光臣會為她以身犯險。

在光臣叫停的同一時間，不可思議的強風高速刮起，直至喚起狂風的人到達現場才停下，那就是小狐狸們的父親，山神傳說的主人公，也是在十年前令光臣父親放棄計劃的男人。

「爸爸……」小妖狐們露出心虛的表情。

「我叮囑過你們不能傷害人類，你們忘記了嗎？」成年的碧眼妖狐除了身材魁梧，更多了一份狂氣，他是小妖狐的父親——琥珀。

「但是……那姐姐不是人類呀，她和我們一樣是妖魔啊。」三姐妹中的大姐，真珠說。

「我為孩子們的過失向你道歉，妖狐從不欠人，你要報復的話我願意一力承擔。」山林的法則簡單直接。

「不要緊……我的傷口已痊癒了，你們也不用在意。」安娜肩上的傷口消失無蹤，吸

血鬼一族擁有強大的復原能力。

「但我在意。我一心想著跟你們和平解決，你們卻傷害了我的秘書，這筆帳我晚點再跟你算。

我在上山前已向山下的部隊下令，半小時後沒有接到我的來電，就大舉進攻，把會動的東西殺個一乾二淨，再放火燒毀這個山林來個玉石俱焚，現在只餘下十分鐘，你覺得我應該怎麼辦？」光臣拿出手機，指著正在倒數的時計畫面。

「這人類好小氣！」安娜沒責怪真珠，反而被光臣有機會借題發揮。

「姐姐，那是什麼東西來的？」二妹翡翠不知道手機為何物。

「會不會是炸彈？姐姐我很害怕啊……」三妹瑠璃同樣從無接觸人類文明。

「嗶！」光臣見她們畏縮不前突然大喝一聲，嚇得兩個妹妹抱住姐姐發抖。

三頭碧眼妖狐其實只是為救山林心切，硬著頭皮走到人前。

「既然你願意和平解決，那我們就換個地方詳談吧。」琥珀帶著三個女兒向山頂走，這山林在十年前有過一場協商，協商的場地，也是在山頂上。

光臣看著安娜的肩膀，確認她的傷勢已癒合，才跟著琥珀走。

「你也一樣，為什麼我的秘書會是吸血鬼？我待會再聽你好好解釋。」光臣剛才是真的擔心得心急如焚，才冒險走到安娜前面，看到她平安無事，光臣感覺鬆一口氣的同時，也感覺被擺了一道。

山頂之上，山林和皇城兩方的主人看著城市的夜景進行對話，這十年間有過不少擅自闖入山林想進行非法狩獵的人類，但琥珀無殺害過任何一個人，他只以恐嚇的方式把人類趕走，只可惜世上總有不受恐嚇這一套的人，像光臣和他的父親。

「無論你和先父有過什麼交易，現在管理人已轉換，你們的合約沒有任何效力，不要以為打著山神的旗號就能霸佔我的土地，你想擁有這山林就拿真金白銀跟我買。」光臣面對著妖狐還是面無懼色，一副胸有成竹的表情。

「山神也好，山妖也好，這些都是人類取的名字，但鐵證如山的是……我是這山林的守護者，而人類……只懂得掠奪和破壞。」琥珀發出獸鳴，山林中所有鳥獸也呼應他的號召走到山頂。

「這些都是……」安娜目瞪口呆，不同物種的動物集合在一起，當中不乏瀕臨絕種的稀有動物。

「是我們的家人呀。」真珠輕撫一頭野狼的頭顱，野性難馴的猛獸在三個女生面前也活像小動物。

不同種族和諧的活在同一個山林，在安娜眼中就像三途賓館的房客們一樣。

「這山林孕育著數以萬計的生命，你們要開發就等於毀掉牠們的家園，我並不是只為我族人的利益而霸佔你的土地，這一點你的父親也明白。」包圍山頂的動物們都安靜站在原地，在漫長的歲月裡，琥珀以行動得到牠們的認同和信任，這是金錢無法做到的實績。

「開發事在必行，他明不明白我亦沒興趣知，我想知的是你願不願意和我重新達成協議，一個能令你我雙贏的完美計劃。」光臣看中琥珀的這種實力，他想要開始的工程，和父親的不一樣。

「你到底想了什麼計劃？值得你冒生命危險也要和我協商？」琥珀不明白，光臣和他見過的所有人也不同，就連他的父親也沒有這份膽識。

「想知道的話就明天一早去皇城找我。記著，我有能力隨時把這山林夷為平地，你若

然敢搞出什麼小動作，我不保證山下的人會做什麼。安娜，我們走。」光臣覺得協商之事已達到他預期的效果，但這晚上還發生了他意料之外的事情。

安娜是吸血鬼的事，已被光臣發現了。

「會長……不要走這麼快好嗎？」下山路上光臣一言不發，令安娜緊張又害怕。

「要當我的隨行秘書，第三個注意事項是什麼？」光臣突然停步轉身。

「嘻嘻……我不記得。」安娜嬉皮笑臉的說。

「不准對我說謊！但你卻對我隱瞞你是吸血鬼這麼嚴重的事。」光臣激動地說。

「就算我跟你說……你也不會相信吧？」安娜為難的說。

「那就像剛才咔嚓一聲，展開翅膀讓我看呀！有證有據我還能不相信嗎？」光臣看到安娜抱著身體，於是脫下西裝外套走到她面前。

因為翅膀撐破了衣服，安娜露出了雪白的背部，所以光臣為安娜蓋上外套，不讓山下的人看到。

「但那樣做的話……就不能做你的秘書了吧？」安娜臉頰泛紅，今天光臣的表現和安娜心目中有所不同。

先為她親手貼上膠布，又為她挺身而出站在妖狐前面，現在還體貼的為她蓋上外套。

「我也不知道，現在的狀況混亂得連我機智過人的大腦也處理不來……總之今晚就到此為止，明天解決了協商之事，我再處理你的問題。」光臣看著安娜染紅了的衣袖，心裡為安娜不是普通人而感到慶幸。

不然那深長的傷口一定會留下不可磨滅的傷痕，甚至像光臣的母親為他犧牲一樣，再次在光臣眼前出現為他喪命的人。

「怎麼了？那裡不舒服嗎？痛嗎？」光臣看到安娜一臉痛苦，抱著身體縮成一團。

「不是……會長你可不可以離我遠一點？」安娜緩緩退後。

「不可以，你身體不妥對嗎？放心！我立即帶你去醫院，以皇城集團旗下醫院的先進設備，就算你是吸血鬼也一定能醫好！」心急的光臣兩手把安娜抱起，打算保持這姿勢奔跑下山。

「不要！這樣我會更難忍耐的……」安娜兩手掩住發紅的臉說。

「吓？忍耐？難道你人有三急，想在荒山野嶺就地……」光臣話未說完，一陣巨響傳遍寂靜的山林。

「嘰咕……」從安娜的肚子傳出。

「這淒厲而令人不快的慘叫聲，是什麼回事呢？」光臣的緊張感被一掃而空。

「人家為山神的事擔心了一整天，晚飯也沒吃多少，剛才又要回復傷口，又展現了吸血鬼的面貌，消耗量很大的呀！你放開我啦，這樣我更難忍耐的呀！」安娜在光臣懷中踢腿掙扎。

「就當你是為公司服務而挨餓，我姑且饒恕你對我靈敏耳朵的侮辱……但你還掙扎什麼？忍耐什麼呢？難得我大發慈悲抱你下山，免得你雙腳再受皮肉之苦，你還有什麼要求就儘管說出來，我統統允許。」折騰的事情總算告一段落，加上安娜也算是立下大功，所以光臣今晚不再挑剔為難安娜。

「是你說允許的呀！」安娜抬頭輕輕咬住光臣的脖子，令安娜難以忍受的，是光臣血液的香味。

安娜只是輕輕吸啜了一下，光臣沉默了半晌，兩人四目交投，感覺尷尬又不知如何是

好，清風送爽的山林突然也熾熱起來。

「這樣就可以了嗎？」光臣別過臉問。

「嗯……」安娜低下頭說。

然後光臣就這樣抱著安娜下山，結束這不可思議的山林之旅。

「會長！安娜小姐！你們平安回來就好了！」山腳之下，除了金室長外，所有工作人員已消失無蹤。

因為在琥珀和光臣會面之前，早已現身山下把所有械材武器破壞掉，把相關人士嚇得雞飛狗走。

「那個混蛋山神，算是向我示威嗎？」看到一地爛鐵，光臣知道他剛才根本威脅不了琥珀，琥珀其實大可以把光臣殺死，只是他選擇了協商。

「會長……可以放我下來了。」安娜害羞著說。

「看來這次協商，少爺……不，會長你得益不少呢。」金室長看到氣氛異常的兩人微笑著說。

「先送安娜回去吧，明天一早我們還要和那山神簽合同。」光臣放下安娜後說。

回到一切開始時的豪華轎車之內，光臣看著夜色映照的街道，這一晚他的常識已被徹底打破。

「安娜，這世上真的存在吸血鬼、人狼，這些不合常理的生物嗎？」光臣問。

「嗯哼，嗯嗯嗯嗯。」安娜邊吸啜光臣的手邊說。

「不要一邊吸我高貴的血一邊回答我！」光臣不滿地說。

「但是會長的血，真的很香很美味嘛！」因為安娜還是感到十分肚餓，苦苦哀求之下光臣勉為其難，讓她多吸幾口。

「話說回來……被你咬過後我會不會變成吸血鬼？」光臣想起電影中的情節。

「不會的，因為我只有一半吸血鬼的血統，放心吧！」安娜緊握著光臣的手不放。

「那就好……你繼續吧。」光臣鬆口氣說。

「哈哈，看到你們這樣吵鬧，就不禁想起你們小時候的樣子呢。」金室長看著倒後鏡中的兩人說。

「慢著，為什麼金室長你不驚訝的？安娜在吸我的血呀！她是吸血鬼呀！你不覺得震驚嗎？」光臣忘記了車廂內還有金室長存在。

「老爺開辦伊甸園孤兒院時，我也有份負責這項目呀，所以世上存在妖魔這事我也早已知道，從第一眼看見安娜小姐，我就認出是多年前見過的吸血小女鬼了。」金室長不像光臣般大驚小怪。

「對了……你是叔叔當時的司機，我記起來了！」安娜小時候不止一次見過金室長，

因為光臣的爸爸常出入那孤兒院。

「不准叫他叔叔！要叫就叫混帳老頭子！」光臣生氣著說。

「唉呀！人家怎稱呼他關你什麼事呢？我在和金室長說話，你不要插嘴呀！」或者是因為今晚光臣多番體貼，安娜開始忘記光臣是她的老闆。

是因為忘記，又或者是因為想起，想起很久以前的一種感覺。

「我記得我和叔叔最後一次見面時，他一臉認真拜托我，若有天他死於非命，就叫我到皇城當你的秘書保護你……那次之後我就被接到三途賓館生活，本來我已忘記這個約定，是看到新聞報道和收到叔叔的信時才回想起來。」安娜回憶著說。

「即是老頭子是在知道安娜是吸血鬼情況下，安排她當我的秘書……為什麼要這樣做？」光臣是在父親離世前不久接到他的信件，命令他立即回國繼任會長之位。

「老爺很可能知道自己命不久矣，才作出這樣的安排，殺害老爺的兇手還未落網，我想他是擔心會長你也會成為下一個目標吧。」金室長說。

「不想了！我今晚不想再用腦了，你也不要再吸我的血，再吸我就扣你人工！」光臣懷疑被吸了太多血影響了大腦的運作。

「小氣鬼……」安娜別過臉輕聲說。

安娜回到了三途賓館才發現自己的身上還披著光臣的外套，她想著今天光臣的表現，又想起就算知道她是吸血鬼，光臣也沒有把她推開，反而把她抱了起來，安娜開始覺得這個自戀的國王，也不是這麼壞。

斜陽下的伊甸園孤兒院，不同種族的年輕妖魔在這裡生活和學習怎樣融入人類社會，年幼的安娜總是不聽大人的說話，拍著一雙小翅膀飛來飛去。

「你一個人在這裡幹什麼？」安娜看見一個陌生的男孩坐在草地上，看著遠方耍樂的孩子在發呆。

小男孩小小年紀穿得像個大人一樣，他沒有回應安娜，他不喜歡和陌生人說話。

「你是新來的吧？我之前未見過你呢！」就算不作回應，安娜還是纏著對方。

「你也是被遺棄的孤兒吧？在這裡的大家也是這樣的。」安娜繼續說。

「我不是孤兒！也沒有被遺棄！只不過……」小男孩被觸碰到痛處，激動得站了起來

反駁。

但是他不想再說下去，他選擇了逃避痛苦，也逃避與人接觸，所以他轉身想要逃跑。

「別生氣嘛，我道歉就是了，只不過什麼呢？」安娜從後抓住小男孩的衣領，小男孩繼續前進，她就在空中拍翼，讓男孩拖行。

十五分鐘後，小男孩還是擺脱不了安娜，只好放棄掙扎坐在草地上。

「媽媽……為了救我犧牲了自己。」小男孩剛經歷喪母之痛，而且把責任歸咎在自己身上。

「聽說我的爸爸媽媽是為了拯救世界而犧牲了自己，雖然大家口中說他們只是失蹤了，去了很遠的地方，但通常大人這樣說的話，都是代表那些人死了……大人真奇怪，這麼喜歡犧牲自己。」小安娜說。

「你……不難過嗎？」小男孩問。

「難過呀，但難過也要長大呀。」小安娜笑著說。

「你長大後想做什麼？」小男孩問。

「我想飛到世界上每個角落，看看會否找到爸爸媽媽，又看看他們是為了怎樣的世界

而犧牲囉。」這時候的小安娜對世界充滿好奇，對成長充滿期待。
「那樣的話，我也要好好長大。」小男孩眼神回復了神采。
「那你長大後想做什麼？」小安娜問。
「做一個很優秀，優秀得能讓媽媽引以為榮的男人。」小男孩說。
「聽說優秀的人能賺好多錢的！有很多賺的話就可以坐飛機，不用自己飛了！」小安娜說。
「那你長大之後來找我吧，我帶你環遊世界。」小男孩走出了陰霾。
「那哥哥你叫什麼名字？我應該去哪裡找你？」小安娜問。
「去皇城吧，我的名字叫……嘟嘟嘟嘟，嘟嘟嘟嘟。」男生的名字，被鬧鐘聲掩蓋住了。
斜陽下的孤兒院變成了空白一片的天花板，因為鬧鐘把安娜從夢境拉回現實。
「是夢嗎？我以前有遇過這樣的男孩嗎？」安娜睜開眼睛，對於兒時的回憶她總是只能想起零碎的片段。
「安娜，再不起床就要遲到了啦。」提姆站在安娜鼻尖上說。
「遲到！對了！今早還要和山神會面，遲到的話又會被自戀狂責備的！」安娜連忙起

床梳洗更衣。

「安娜……你昨晚……」提姆欲言又止。

「什麼？」安娜邊脫下睡衣邊説。

「沒……沒什麼。」提姆忐忑不安，但又不想在這時間打擾安娜。

因為提姆看到了安娜昨晚穿的衣服，已變得破破爛爛，而且血跡斑斑。

13. 共存

「今天的我也是完美得叫人嫉妒，就連妖怪山神也被我的聰明才智懾服，哈哈，光臣你這英俊的傢伙……難道就不能平庸一點嗎？」鏡子前，半裸的光臣正和自己進行訓話。

「但我藝術品般的身軀卻多了幾個咬痕，這安娜實在是罪孽深重……」光臣看著脖子上還未完全癒合的小孔。

「要怪只能怪我不只外在無與倫比，就連體內流著的血液也出類拔萃，如此引人犯罪的我，罪孽比安娜更深重。」光臣自責著說。

「看來我往後要更注意一下，別讓自己的魅力傾倒眾生，畢竟我是個大忙人，無暇顧及這麼多為我著迷的少女心。」光臣的心情愈好，對自己的訓示就愈多。

「今天要不要遲一點出門呢？不……金室長很敏銳，遲到的話又會多多問題。」光臣在鏡子前左右踱步。

「折騰了一個晚上，那丫頭不會賴床吧？但她吸了我醒腦提神的血液，按常理應該精力充沛，工作能力倍增。對，所以還是準時出門吧！」光臣沒有為意他的自言自語裡，愈來愈多安娜出現。

既是久別重逢，又是重新認識，光臣和安娜之間，有著特別的緣份。

皇城企業大樓頂層的會長室內，穿著筆直黑西裝，束起長長紅髮的琥珀正坐在光臣對面，翻閱光臣準備的計劃書，一個他認為能達到雙贏的完美方案。

「國家級生態自然公園……」琥珀細閱著計劃書。

「那山林棲息著大量具觀賞價值的珍貴動植物，要是把它改建成高爾夫球度假村，這生態就會被破壞，要保護自然生態同時發揮它的經濟價值，這是最理想的方案，也是我最大的讓步。」光臣改變了初衷，選擇較低的經濟回報但更好的企業形象。

「就算我肯答應，但你怎保證山林的居民願意配合？牠們都是野生動物，人類對牠們來說始終是入侵者。」琥珀問。

「這是你的責任，你是山神嘛，你管好你的居民，我提供一切你需要的配套，只有這樣才能保住你的家園和我的利益。」光臣的計畫書中，包括要琥珀擔任生態公園的管理員。

「我不答應的話，你又會再派人來搗亂吧？」琥珀想作一個了斷，不再受非法入侵的人騷擾，也不用擔心土地再被開發。

「當然，合約有效直至皇城倒閉，我的江山一日不倒，你的山林便天下太平，往後還有皇城為你撐腰，我想不到任何被你拒絕的理由。」光臣之所以夠膽夜闖山林，因為他有這十拿九穩的計劃。

「你和你的父親很不同，我更喜歡你的選擇。」琥珀爽快地簽署合同，為山林得到長

遠的保障。

人類、妖魔和自然，三者可以各取所需，和平共處，只要三方不貪無止境，三方也懂得退讓。

「你對先父有怎樣的印象？」光臣一直認為父親是冷酷無情的人，但在處理山林發展項目的過程中，他有了不一樣的領悟。

前會長大可以用武力強奪，但卻為了這些與自己無關的小生命，放棄數以億計的利潤，這和他認為拋棄了自己的冷血父親會做的事截然不同。

「他是位慈祥，而且熱愛生命的老先生，他的離世是人類社會的損失。」琥珀遇到的人類就只有光臣的父親不是一名加害者。

「沒你的事了，金室長，帶他去辦理餘下的手續。」光臣不想再討論下去，他不想否定自己一直以來對父親的看法。

而且光臣的父親已不在人世，就算改變，亦為時已晚。

山神一事圓滿解決了，但吸血鬼的事還未。

「會長你真聰明啊！竟然想到這麼好的解決辦法，我還擔心你會派人大肆破壞，最終要和山神鬥個你死我活……」安娜最怕的是光臣被山神吞進肚子而導致她失業。

「繼續讚美我吧。」光臣滿意地說。

「但是……你為何這麼肯定山神並不會殺害你，而是選擇和平解決此事呢？」安娜疑惑地問。

「因為我翻查過過去和那山林有關的所有資料，就算發生過多少次襲擊事件，當中也沒有任何人命傷亡，當中只有兩個可能性。其一，山神有不能傷害人類的原因，其二，山神不想傷害人類，既然不想與人類相殘，他自然期待著一個長遠而又和平的方案，而舉世無雙的天才，我，正是唯一能滿足他的人。」光臣的信心來自於豐富的資料搜集。

「不過最令我意外的……是那三隻小狐狸，她們魯莽衝動令你受傷，這點可說是我考慮不周所導致，但又因為這失誤，令我發現原來我的秘書是吸血鬼。」最超乎光臣意料的，是會吸血的女秘書。

「那不知道這位舉世無雙的天才，能容納吸血鬼當他的秘書嗎？」安娜忐忑不安，難

得對這份工作有了歸屬感，安娜不想就此結束。

「成大事者，必具備容人之量，我已成就了這麼大的偉業，可想而知我的容人之量也是大得難以想像，既然連山神我也可以容納得下，多一個吸血鬼也只是雞毛蒜皮的事……你可以懷著感激的心繼續在優秀的我身邊工作。」光臣經過昨晚，已接受世上存在他不知道的生物這個現實。

「太好了！我還擔心你這小氣自戀……不，是很美味的會長，會炒我魷魚。」安娜常在暗地裡稱呼光臣為小氣自戀狂。

「不要把我說得像食物似的……昨晚只是情況特殊我才施捨你我高貴的血液，你別三不五時邊流口水邊看著我，不然我找牙醫來拔掉你貪婪的牙齒！」光臣除了接受現實，也想起了久遠的回憶，吸血鬼的翅膀，他並不是第一次見。

「那我回去工作啦！謝謝會長！」安娜歡天喜地，雖然她還不知道秘書該做的工作，但她喜歡現在的生活。

「慢著，你昨晚回去後……沒想起什麼嗎？」光臣漫不經心的問。

「什麼？我應該想起什麼嗎？」安娜不以為然。

「食評！那……午餐的食評！還未整理好嗎？這可是很重要的項目啊。」光臣呆滯了一下，既然安娜忘記了，光臣也就此作罷。

「對了！我馬上去準備！小人告退了！」安娜急急走出會長室。

光臣和安娜一樣，對於小時候的記憶大多只能想起零碎片段，但昨晚看到安娜的翅膀後，刺激到光臣想起某段回憶。

三途賓館的房東，是在妖魔界聞名的九尾妖狐——四葉。而四葉只有很少時間出現在三途賓館，但每當她回來的時候，房客們都會輪流出現在她的房間。

「四葉姐，這是今個月的房租。」貓女菲蕾恭敬地上繳房租。

「一，二，三，四……你不會還做著那些不法勾當吧？」四葉邊數算著鈔票邊說。

「唉呀，怎會是不法勾當呢，不過是資源分配罷了……」菲蕾把從富者搜刮的民脂民膏重新分配到窮苦大眾手上。

「被發現的話，我可不會包庇你，和你同流合污。若然你危害到其他房客，我只好把你趕出三途賓館，清楚嗎？」四葉知道菲蕾的工作，基本上只要房客不危害社會安寧，她也不會過問房客的私生活。

「四葉姐，這支難得一見的美酒，是孝敬你的！」菲蕾不時向四葉進貢美酒，甚得四葉歡心。

「嘩，這枝可是絕跡江湖的佳釀啊！有錢也買不到的！你是怎樣得來的？」四葉立即打開酒瓶，暢飲一杯。

「上次偷名畫時看到，順手偷來的。」菲蕾微笑著說。

「即是……賊贓？」四葉吞下美酒，瞪大眼睛問。

「對呀，所以現在四葉姐也是共犯了，嘻嘻！」菲蕾説罷立即以敏捷的身手逃離出去。

「你這壞傢伙！信不信我從下個月起加你租金！」四葉呼喊的同時，貓女菲蕾已消失在走廊之中。

「逃得真快……身手這麼敏捷，希望她不要被公會盯上就好。」四葉擔心她上得山多終遇虎。

在人界之中存在著保護人類免受妖魔傷害的組織——獵人公會，就是為了制裁違反人界條例的妖魔而存在。

「好了，解決了她的問題，現在輪到你了，老是弄得走廊遍地積水的雪姬。」504 號房的房客，是一名雪女。

「抱歉……四葉姐。」穿著一身雪白和服，留著絲滑柔順的長長白髮，雪姬總是一臉哀愁，兩眼呈現哭泣過後的紅腫。

雪女的悲傷，會導致周圍的氣溫急劇下降，結成冰霜。

「不要對過去這麼執著了，放下他，也放過自己吧。」四葉知道雪姬的悲傷，是因為

愛情。

「我辦不到……我無法忘記我們之間的約定，要我放下，我情願一了百了。」情深的雪姬掉下了一滴眼淚。

「乞嗤！你鎮靜點……我很怕冷的。我勸你不要太相信人類口中的愛情。」四葉抖顫著說。

「不……我相信他。」妖魔和人類之間的愛情，大多數都沒有圓滿結局，因為物種有別，注定是不能見光的關係。

仇恨和愛情一樣是沒有時限的，唯有放下，才能得到真正解脫。

皇城集團旗下的夢幻皇國是國內頂尖的遊樂場，佔地面積廣闊加上先進的大型機動遊戲，令夢幻皇國在落成以來一直保持著佳績。

但是近一個月以來，夢幻皇國接連出現怪事，令本為帶來歡樂回憶而設的遊樂場，流傳著讓人膽戰心驚的都市傳説。

「會被人看到的，不要這樣嘛……」女生害羞著説。

「不會的，你看週圍也沒有人呀。」男生想親吻愛人，快到關門時間的遊樂場人煙稀少。

「但你不覺得這裡陰風陣陣嗎？」女生感覺到一陣寒意。

「天黑了嘛，是比日間寒冷一點的。」男生認為氣溫轉變是常情。

「不是啦！我是認真的，冷得令人很不舒服呀。」女生推了男生一下，她現在沒有親熱的心情。

「那個……」男生睜開雙眼，看到令他心底發寒的景象。

「鬼呀！」女生轉頭一望，拉著男生拔足狂奔。

遊樂場女鬼成為城中熱話，這不只影響到夢幻皇國的營業額，還影響到光臣的會長地位。

秘書的工作開始幾天過後，安娜的表現開始有了改善，知道每天一早要準備什麼，要向會長報告什麼，和同事們之間也有了更多交流。

「比利，這是你要的文件。」安娜帶著笑容工作。

「阿惠，這是下午會議的資料。」能像平凡的秘書般上班下班，對吸血鬼來說並不容易。

「這氣味……」安娜的鼻子嗅到熟悉的香味，立即跑到升降機前。

「會長，早上好！」安娜每個工作日也會在這位置以響亮的聲音和光臣打招呼。

「這是會長你今天的行程表。」然後遞上整理好的日程。

「啊。」光臣總是淡淡回應後就走向會長室。

對安娜來說，這樣平凡的日子已教她心滿意足。

「終於放假了，而且明天是我最愛的『防火少年團』握手見面會的大日子，現在我已習慣面對人群，今次見面會不容錯過！」午飯時間，安娜在工作崗位邊咬著長麵包，邊從手機看著和偶像相關的新聞報道。

「原來你也是『防火少年團』的粉絲嗎？」一向木無表情的阿惠緊握安娜雙手，雀躍萬分。

「阿惠你也是？」安娜從這隊偶像男團初出道時就已成為追星族。

「我可不是普通迷妹，而是粉絲俱樂部的會長啊。」阿惠從手機秀出由她親手打造的粉絲專頁。

「你就是會長大人？我也很想成為俱樂部成員啊！但我無錢去看他們的演唱會……」要成為粉絲俱樂部成員，除了要繳付年費外，還要回答多項問題和出示演唱會門票，以示你對偶像的熱誠。

「一場同事，讓我來幫你吧，以我會長之名要添加一兩個會員只是舉手之勞。」阿惠平常一本正經埋頭苦幹，在下班後就會進入狂粉模式。

「我才是會長大人，以我會長的身份裁一兩名員工也只是舉手之勞。」光臣無聲無息接近。

「會長！」安娜和阿惠立即收起手機鞠躬敬禮。

「竟然在神聖的工作場所談論偶像明星，成何體統？你們對得起公司？對得起發薪水

給你們的偉大的我嗎？」光臣不滿地說。
「但……現在是午飯時間呀，聊個人興趣應該不成問題吧？」安娜問。
「會長，這個偶像男團其實是集團旗下的藝人，我們……算是在討論業務呢。」阿惠輕托眼鏡解釋著說。
「吓？金室長！這些小白臉是我們集團養的嗎？什麼防火少年團真的能防火嗎？不會違反商品說明條例？」光臣對娛樂事業不太熟悉。
「是的，而且他們每年為公司賺取的利潤也很可觀。」由三公子打理的皇城娛樂公司雖然帳目混亂，但捧紅過不少天王巨星。
「混帳！這些小白臉賺的錢能多過每秒鐘數百萬上落，掌控集團數萬名員工生計的我嗎？」光臣今天的心情很差，雖然就算他心情好也會事事挑剔。
「當然比不上，會長要出門嗎？」金室長問。
「啊！不用跟來，今天的行程也全部取消。」光臣氣著走到升降機內，離開眾人的目光。
「會長今天怎麼啦……生理期嗎？」儘管對光臣的挑剔已成習慣，但安娜也感覺光臣今天有別於平常。

「是因為夢幻皇國的傳聞嗎?聽業務部說那都市傳說連累正上升的公司股價回軟。」

阿惠每天關注有關集團的各種消息。

「都市傳說?什麼都市傳說?」反而作為光臣的隨行秘書,安娜還缺乏這樣的自覺性。

「有不少人在網上留言,說他們在夢幻皇國遇到白衣女鬼……網上炒作得愈來愈激烈,遊樂場的入場人次下降了一半有多。」阿惠看過不少誇張失實的留言,人們對網上消息的真偽不作深究,被標題誤導的人多不勝數。

「女鬼!這世上真的有鬼嗎?」安娜不怕吸血鬼,但怨魂厲鬼她怕得要命。

「這件事的確困擾著會長,但影響會長心情的另有其事。」金室長是世上最了解光臣的人。

光臣的心情之所以差,是因為今天是他父親出殯的日子。

三途賓館五樓，504 號房門外又再冰天雪地，由於安娜仍然在工作中，保安員達倫只好代替她以鐵鎚輕輕敲碎冰塊。

「又來了！這是今個月的第幾次？」包租婆四葉大發雷霆。

「哈哈……雪姬小姐心情不好呢。」達倫說。

「雪姬！再這樣下去我就把你趕出賓館，聽清楚了嗎？」九尾妖狐擅長操縱狐火，四葉露出九條尾巴，燃起火焰的尾巴瞬間融化走廊的冰霜。

「達倫，拖地！」然後四葉怒氣沖沖回房間午睡。

雪姬默默落淚，她等待的男人沒有為她帶來喜訊，但另一邊廂卻有人為收到信件而苦惱。

皇城娛樂公司的會議室內掛著不同由公司打造的巨星的巨型海報，以勁歌熱舞迷倒眾多粉絲的「防火少年團」一臉嚴肅齊集在一起，因為他們的男經理人收到一封恐嚇信，收信人是男團的隊長——晨曦。

「這是近月來的第五封了……晨曦，你真的想不到是誰寄出的嗎？」經理人扔出信件，內容以剪貼方式組合出句子。

『我知道你的秘密。』

「不知道……」簡單的一句說話，令晨曦和其他成員都露出不安的神情。

「隊長，該不會是……你說過的那女孩吧？」公司規定偶像男團的成員嚴禁談戀愛，他們若傳出緋聞會大大影響粉絲的支持度。

「不會的，她不是這樣的人。」晨曦相信他愛的人不會恐嚇他，傷害他。

「晨曦，放心交給我吧，我會守護你、守護這個團隊的。」經理人跟隨團隊多年，從成員只是練習生，到今日成為公司炙手可熱的一線男子組合。

「解散一事，大家也不要再提了，若然在這時出現更多負面新聞，大家辛苦多年的努力就會白費，清楚嗎？」雖然團隊發展正如日中天，但七位成員中有近一半想獨立發展。

晨曦希望脫離男團，脫離歌舞偶像這種身份，他想轉變為實力型的唱作人，擺脫一切枷鎖，做自己喜歡的音樂，愛自己所愛的人。

大型生態公園項目已正式施工，監察及管理的事項由碧眼妖狐琥珀全權負責，光臣不信任人，但卻放心把這大型項目交由妖魔去辦。

「來監工嗎？」以人類姿態監督大小事項的琥珀走到山頂，因為山林來了一位客人。

「牽涉區區幾億的項目有必要勞煩我在百忙中抽空來監工嗎？」光臣獨自一人來到山頂上。

「那是什麼理由足以勞煩你到此一遊呢？」琥珀問。

「呼吸新鮮空氣，這山林是我的財產，這裡的空氣也是，沒有收你呼吸費用只因我寬宏大量，我容許你懷著感激的心繼續呼吸。」光臣看著山下的風光，皇城的國王可說是手握了山下的半邊天下。

但就算有這樣大的權力，也有掌控不了的東西。

「那又是什麼原因令這位寬宏大量的人鬱鬱不歡呢？」琥珀接著問。

「我回國的主要原因，並不是為了會長之位。我回來……是為了查明殺害老頭子的真兇。」光臣父親的死因成疑，對外界公佈的死因是心肌梗塞。

因為警方找不到任何線索，行兇者的身份、動機和手法也還是謎團，光臣的家人一致認為事情不能被公開，怕會對集團造成不良影響。

「本來我還不確定……但遇上你和安娜之後，我估計殺死老頭子很可能不是人類。」光臣父親的屍體受嚴重破壞，內臟更全被掏空。

「如果是妖魔的所為，就不是你該調查下去的事了。」琥珀知道獵人公會的存在，也一直避免與獵人有任何瓜葛。

「雖然他沒有盡父親的責任，但夠膽殺害他的，就算是妖魔我也不會放過！」光臣說罷轉身下山，準備往送父親的最後一程。

要調查出警方也調查不到的真相，光臣需要金錢也需要地位，會長之位提供了兩項他需要的東西，但是光臣在集團勢孤力弱，只有針對他的人和想拉他下台的兄弟，沒有支持他扶助他的戰友。

「好美味的會長，快上車吧，不然就要遲到了啦！」當光臣以為要孤身上路之際，安娜和金室長正在山下等候。

「你為什麼會在這裡？不是到下班時間了嗎？」光臣忍耐著不露出笑容。

「我不是為了你才來的，叔叔也是我的朋友呀，我也想送他最後一程，讓他知道我有遵守約定，當你的隨行秘書。」安娜在迎接光臣前火速飛回家中換上黑色連身裙，她相信這個時候站在光臣身邊，多少也能給予他安慰。

「老爺在天之靈看到你們一定會很高興的。」金室長微笑著打開車門。

「變態癡女，你滾遠一點，我不想讓老頭子高興！還有，不准叫叔叔，要叫混帳老頭子！」光臣只是不想承認。

「超過份！要叫你自己在靈堂叫呀，叔叔叔叔叔叔叔！」承認自從有安娜在身邊後的熱鬧，比孤身一人的冰冷好受得多。

「唔……終於來到了！」鬧鐘響起，安娜終於迎來第一個有薪假期。

「雖然太陽很猛……但身為一個正常的人類上班族，是不應該浪費寶貴的假期！」安娜想錯了，正常的上班族在假日大多睡到日上三竿，在床上虛度時間。

「而且今天是『防火少年團』握手見面會的大日子，很快我就能和我家晨曦見面了！如果他迷上了我該怎算好？唉呀，這樣其他粉絲的心會碎掉的……」接近得光臣太多，安娜也開始出現了妄想症狀。

「起床了，就盡一下管理員的責任吧，你最近一回來就倒頭大睡，賓館的大小事項都是包租婆親自處理的。」提姆在跑輪上邊跑邊說，天竺鼠提姆十分注重健康。

「唉呀，就算人家是吸血鬼，要身兼兩職也太困難了！四葉姐說過，我能挨過試用期就接受我的辭職吧？」安娜飛快地換過一身便服，自從成為光臣的秘書後，她的生活態度變得積極了許多。

「你真的很喜歡秘書這工作嗎？」提姆問。

「對呀！」變得會搭配衣服，又學會化妝，安娜已像個人類少女。

「你沒有事情隱瞞著我吧？」衣服破爛一事提姆雖然沒有深究下去，但多少也察覺到

異樣。

「當然沒有！我出門了啦！」安娜急急步出房間。

安娜觸犯過禁忌，但她還不知道觸犯這禁忌的後果。

「好了，開始巡邏吧！」日光下，安娜伸了一個懶腰。

其實安娜並不是不知道，只是她忘記了，忘記曾吸過誰的血，忘記觸犯禁忌有多可怕。

「哥哥！再來一次，再來一次！」三途賓館五樓走廊，小智推著坐在紙皮上的小勇暢快地奔跑滑行。

「嘩！這裡是溜冰場嗎？」安娜差點滑倒地上，五樓走廊近日已變成冰雪世界，連累同層的唐醫生也無法照常營業。

「安娜……你真的要想想辦法，長此下去，包租婆真的會趕走雪姬小姐的。」唐醫生擔心著說。

「大家……請讓一讓。」達倫捧著大型機械步出升降機。

「達倫叔叔，這東西是？」安娜問。

「啊……是我改造的大型發熱機，應該能解決冰結的問題，但就要頻繁清理積水……」雪姬的存在已對房客構成威脅。

「是從何時開始的？」安娜把耳朵靠近木門，房間內正播放著歌曲。

「是從上個月開始吧……雪姬小姐不時會在晚上外出……回來後冰結的情況便會更加嚴重。」同層的唐醫生深受其害。

安娜熟悉房內正播放的歌曲，那是她熱愛的偶像「防火少年團」隊長作曲填詞並主唱的最新派台歌曲〈雪裡紅〉。

「我知道他不會忘記我的……」兩眼淚痕的雪姬沉溺在思憶的苦海中。

單思之苦能毀掉一個人，也能毀掉妖魔。

光臣為了調查遊樂場女鬼出沒的事件，就算是假日也為工作奔波，受網絡發酵的謠言影響，夢幻皇國居然在假日中午變得人跡罕至。

「總經理，對策呢？」光臣不滿地問。

「會長……不如減價促銷，或者推出買一送一優惠吧？」夢幻皇國業務總經理緊隨著光臣急速的步伐。

「這樣豈不是向外界承認這裡有鬼，而且我們沒有任何解決辦法嗎？」這不是光臣想要的答案。

鬼神之説只要放任不管，日子久了自然會被淡化遺忘，問題是光臣沒有這麼多時間，約定的一個月時間轉眼就過，這段時間內光臣不容有失。

「既然世上有吸血鬼，那真的有女鬼存在也不足為奇……要找個道士法師來超度亡魂嗎？不……這和散發著誘人知性魅力的我形象太不合襯了。」光臣已適應世上存在超越常理的事物。

「會長，你在説什麼？」總經理聽得一頭霧水。

「今晚暫停營業，任何人沒有我的許可不得進入夢幻皇國。我要讓這女鬼知道，得罪我比得罪聖母耶穌如來佛祖更可怕！」自信滿滿的光臣決定會一會這遊樂場女鬼。

光臣身處的夢幻皇國開始疏散遊客，而同一時間吸血鬼安娜所在的地方人流卻愈來愈

多，大型商場中庭正是「防火少年團」見面握手會的舉辦地點，而他們的隊長晨曦正深情地唱著派台新歌。

「嘩……真的是人頭湧湧呀！」安娜首次擁擠到見面會現場，過往她都會選擇在遠處用望遠鏡欣賞偶像的風采。

但安娜想要踏出多一步，從踏出三途賓館到皇城當秘書開始，她想要改變窩在賓館的宅女式生活。

「血液的味道很濃烈呢……但和美味的會長相比還差得遠。」吸過光臣的血後，安娜覺得在光臣身邊比在人海中更難忍耐。

「呵呵，安娜你也一早來排隊了嗎？」背著巨型背包的阿惠輕拍安娜的肩膀。

「嘩！阿惠你去露營嗎？」安娜驚訝地問。

「作為專業的迷妹，隨身攜帶這程度的裝備是理所當然的。」阿惠打開背包，內裡整齊擺放著大大小小的攝影器材，在偶像面前的阿惠有如戰地記者。

「不愧是粉絲俱樂部的會長大人！」安娜說。

「待我拍攝多點我們晨曦王子的好照片，晚點修好圖後再發送給你吧。」專業的追星族除了攝影外，更會在電腦修圖方面十分熟練。

「對了……怎麼好像愈來愈冷似的。」安娜不肯定是自己的衣著過份單薄，還是商場的空調開得更冷了。

「快到你了呢，心情緊張嗎？」輪候了一個小時，終於快輪到安娜和偶像近距離見面。

「嘻嘻，當然緊張啦……嗯？這時間會是誰找我呢？」安娜的手機突然響起。

「會……會長？」安娜急忙接聽光臣的來電。

「喂，你立即趕來夢幻皇國，現在、馬上。」光臣以一貫命令式口吻說。

「吓？但今天是假日啊。」安娜和晨曦王子的距離愈來愈近，在她前面的輪候者已只剩三人。

「你不知道隨行秘書的意思是什麼嗎？」光臣說。

「是什麼呢？」安娜問。

「隨時配合我行動的秘書，再見。」光臣掛斷了電話。

17. 遊樂場約會

「小器、自戀狂、霸道、無良僱主！」安娜邊咒罵邊趕到夢幻皇國。

兩行工作人員整齊排列在入口處，鞠躬恭迎安娜大駕光臨。

「安娜小姐，會長正在餐廳等你。」總經理今天的職務是為安娜引路。

「吓……吓？」本來一肚怒氣的安娜被尊貴的特殊待遇呆住了。

「為什麼……一個人也沒有呢？」夜幕下的遊樂場一個客人也沒有，但所有遊樂設施還是亮著燈光。

「這是會長特意安排的，安娜小姐，請。」總經理帶領安娜到達餐廳，光臣已身處餐廳正中央的餐桌。

「是偷聽到我今天要去見晨曦王子，所以特意這樣安排來阻止我嗎？」安娜開始進入妄想模式。

富二代、包場、燭光晚餐，這些都是安娜耳熟能詳的元素，而這些元素出現的地方，通常都在愛情故事當中。

「難道被菲蕾姐姐說中，會長被我迷倒了嗎？怎算好？我沒有這方面的經驗啊！」安娜急忙整理髮型，心跳不期然加速。

「會長……」安娜暫停了妄想，害羞地打招呼。

「啊，坐下吧，我不清楚你喜歡吃什麼，所以我點了自己慣常吃的。反正，對你來說天下間珍饈百味也不及我高貴的血液。」光臣示意安娜就坐。

「為什麼……週圍沒有客人呢？」安娜明知故問。

「我包場了，因為今天是重要的日子。」光臣揮一揮手，侍應立即從廚房捧出已準備就緒的料理。

「唉呀，怎麼辦？他說是重要日子，難道他要說今天就是我們開始的第一天嗎？」安娜腦海閃現出不同劇集漫畫總裁和俏秘書表白的情景。

「那……到底是什麼重要日子呢？」安娜臉紅著問。

「今天是你大顯身手的日子，這豐富的晚餐是為了讓你有足夠體力，對付入侵我領土的大膽女鬼而設的，能夠和這麼慷慨又體恤下屬的我共晉晚餐實屬你的榮幸。」光臣對自己的安排十分滿意。

「吓？女鬼？」安娜板起面孔說。

「對呀，不然你以為是什麼重要的日子？你的臉頰為什麼紅紅的？生病了嗎？」光臣把沈醉在二次元的世界的安娜拉回了現實。

「哈哈……沒……沒什麼！吃飯吧！」安娜只顧著和偶像見面，早已把遊樂場女鬼一事拋諸腦後。

而光臣準備的不是戀愛故事中的情節，更令她為自己偶然的心動感覺到丟臉。

晚飯結束後，光臣和安娜開始捉鬼大行動，遊樂場內已沒有客人，因為無論是鬼魂還是吸血鬼，兩者都是會嚇怕大眾的東西。

「會長……你不怕鬼嗎？」被拉回現實的安娜，知道自己今晚的對手是女鬼之後，身子一直抖個不停。

「不過是人類死後剩下的靈體，會比得上活人可怕？」光臣認為活著的人類比妖魔鬼怪都可怕。

「但是……鬼的樣子都很恐怖，會突然出來嚇人的……」安娜有過童年陰影，長大以後也不敢看鬼片。

「活人也辦得到呀，要我示範給你看嗎？」光臣露出陰森的表情靠向安娜。

「會長你真的很幼稚！小氣幼稚自戀狂！」安娜急步前行迴避比鬼更想作弄她的光臣。

「嘩呀呀呀呀！鬼呀……這裡真的有鬼呀！」但白色的身影在不遠處飄過，安娜嚇得轉身抱住光臣的身子。

身體緊貼著的兩人，感覺連彼此的心跳聲也能聽得一清二楚，低沉的噗通聲擁有令人感到安穩的功效。

「不是說我又幼稚又小氣嗎？不怕我趁機偷襲你嗎？」光臣沉默了半晌，尷尬的打開話題。

「但你沒那麼恐怖嘛……女鬼，好像飄到那邊了……」安娜把頭埋進光臣懷中，以手指指向後方女鬼飄走的方向。

「以我的聰明才智，我相信只要我認真嚇你，絕對能被女鬼更恐怖！但你可以放心，現在不是做這種事的時候，既然找得到女鬼，就用和平協商的方法令她離開。」光臣想向前行，但被緊緊抱住的安娜令他寸步難行。

「你是吸血鬼啊……有需要這麼怕鬼嗎？這模樣要是給你的同類看到，你說多難堪？」

光臣沒想過安娜會這樣害怕。

「每個人都有害怕的東西！我不需要為此感到難堪！」安娜大聲吆喝。

會這樣跟光臣據理力爭的人，在世上一個也沒有。

「明白了，這樣吧，這樣你就不用怕，而我們又能繼續前進。」光臣慢慢推開安娜，然後牽起她的手。

「這方法是我母親生前教我的，只要牽著手，就不是孤單一人，就不用害怕。」提起

母親，光臣的眼神便變得溫柔。

「你的媽媽……她是個怎樣的人？」手心傳來的溫暖，令安娜感覺沒那麼害怕。

「是個偉大得願意為兒子犧牲性命的人。」知道光臣過去的，就只有金室長一人。

「那是很久以前的一宗意外，百貨商場突然倒塌，我和母親也被困了在瓦礫下……」

光臣說著過去，和安娜並肩前行，而不再是要人追趕。

「當時母親為了保護我，抱著我承受瓦礫掉下來的衝擊，她一直牽著我手叫我不用害怕。」光臣看一看他所牽著的纖柔的手說。

「直至我再聽不到她的聲音，直至她的手心變冷，才有人來拯救我們。自此之後我不能獨自留在黑暗的密閉空間，說是創傷後遺症導致的幽閉恐懼症，就像你很怕鬼，我也有我害怕的東西。」也因為這樣，光臣不再想別人觸碰他的身體，免得勾起那傷痛的回憶。

「嗚……會長……原來你小時候受過這麼多苦，長大後才會變成這麼討厭的人，我怪錯你了……」安娜難過得眼淚鼻水也一併流了出來。

「你……好髒！鼻水……你的鼻水快滴到我的西裝上了！抹乾淨！快用紙巾抹乾淨！」

其實光臣除了幽閉恐懼症外，還有潔癖。

「嗚……我沒有帶紙巾……」安娜抽泣著說。

「別用我的袖子抹！身為一個秘書、一個女生，竟然連膠布和紙巾這麼基本的準備也沒有。」光臣取出一條手帕。

「謝謝……嘻嘻，手帕上有會長你的香味呢。」安娜發現這高大壯碩的男生竟有著女生的細膩。

「變態癡女……不准用力嗅我脫俗優雅的清香！還給我！」光臣不知不覺已經對安娜有了信任。

或者是因為頻繁的身體接觸，又或者是因為他們早已靠近過。

「會長，那邊！」安娜看到白影又再飄遠。

「大膽女鬼竟想在我的地盤跟我玩捉迷藏嗎？今晚就算要反轉這遊樂場，我也一定要把這女鬼捉住！」女鬼挑起了光臣對勝利的慾望。

而心情平伏下來的安娜發現了一個異象，明明沒有下雨，也沒有人在進行清潔，但地上卻出現不自然的水漬。

「只餘下這裡了嗎？」光臣面有難色。

在夢幻皇國進行的地氈式搜查已接近兩小時，光臣和安娜還未捉到女鬼，現在就只餘下鬼屋還未搜索。

「會長，不如……我們回去啦，可能女鬼已經離開了呢？又或者我們明天再找過吧！」安娜不想進入鬼屋。

「你知道夢幻皇國原本一天的營業額是多少嗎？我今天一定要和這女鬼作個了斷！」在業績面前，光臣是不會退讓的，但光臣也不想進入鬼屋。

「那你自己入去吧！我在出口處等你。」安娜想臨陣退縮，但她的手被光臣牢牢握住。

「我剛才不是說過了嗎？我一個人……不能留在黑暗的密閉空間呀……」光臣並不是有意留難安娜，而是面前的難關並非他一個人能闖過。

「唉呀！一人讓一步，這樣吧！」光臣為了讓安娜安心而牽了她的手，現在輪到安娜成為支撐光臣的力量。

「我是絕對不會張開眼睛的！速去速回吧！」安娜從後抱住光臣並把額頭貼在他背上。

「那就……出發吧……」光臣開始分不清心跳加速的原因到底是恐懼，還是因為心動。

總是避免與人接觸的光臣，開始重拾親密接觸而得到的溫暖。

「鬼屋這種玩意不過是用來騙小孩子，其實你大可以放心……嘩呀呀呀！」光臣掉以輕心的瞬間已被機關彈出的骷髏骨嚇了一跳。

「你不要突然大叫啦！這樣我會更害怕的！」安娜緊緊閉上眼睛。

「哈哈……不愧是皇城的出品，時機把握得真好……」光臣扮作冷靜繼續前進。

由於工作人員都已被調離，只餘下嚇人機關照常運作，而且光臣的眼睛也慢慢適應昏暗的環境，再加上從後抱著他抖個不停的可人兒，光臣一點也不覺得可怕，甚至希望短短的鬼屋之旅能更漫長。

「鬼屋需要這麼冷嗎？這會令電費很貴的，明天要向負責人反映一下呢。」愈接近鬼屋出口，光臣感覺溫度愈冷。

「你別慢慢巡視業務呀！還未到出口嗎？」安娜用力緊抱。

「輕力點……我的肋骨快斷了……」最後還未檢查的，就只餘光臣面前的一副棺木。

「安娜，吸血鬼不是都在棺木裡睡覺的嗎？不如你來打開吧。」散發異常寒氣的棺木，連光臣也不想觸碰。

「現在是什麼年代了？怎會有人還在棺木睡覺的？要打開你就快點自己打開啦！」安娜只想盡快離開鬼屋。

「好……大膽女鬼速速現形！」光臣猛力拉開棺木的蓋子。

「好凍！」寒氣像狂風迎面而來，在光臣背後的安娜也感到寒風刺骨。

「會長，我的手為什麼……動不了？」光臣沒有回應，安娜抱著光臣的兩手動彈不得。

情急之下安娜終於掙開眼睛，遊樂場女鬼的面紗終被揭開，藏在棺木裡的並不是亡魂幽靈，而是縮成一團的白髮女子。

「雪姬姐姐？為什麼你會在這裡的？會長你又怎麼會變成雪條的？」安娜的手和光臣一同被冰結起來。

「我怕阻礙到你們約會……便一路逃跑，怎料你們卻一路追上來，我才躲到棺木裡面。」遊樂場女鬼的真面目，是三途賓館的房客，雪女雪姬。

「我們不是在約會啦，原來都市傳説中的女鬼就是雪姬姐姐！」安娜搞清了事件的真相。

寒冷的陰風、路上不自然的積水、白衣的女性，冰山美人雪姬完全符合以上條件。

雪女是東方自古流傳的一種妖魔，她們肌膚雪白、美若天仙，而且擅長製冰造雪。隱居雪山深處的雪女有不少相關的民間傳説，她們被指會把心儀的男人冰封帶走，並吸食他的靈魂，所以在雪山中遇到雪女，絕對不能被她的美色迷惑和她搭話。

但這些都只是民間謠傳的故事，雪女們大多不願與外人接觸，她們接近在雪山遇難的人，只是想把他們救出，減少被人類發現她們棲息地的機會。

但總會有雪女，像愛情故事中的女主角般，愛上不該愛的人類。

「我這身西裝可是由意大利名設計師為我度身訂做的限量品……你知道要花多少錢嗎？」解除了冰封之後，全身濕透的光臣説。

「對不起……」雪姬低下頭道歉。

「哈哈……不如我幫你抹一下。」安娜拿出手帕説。

「不要用那沾滿你口水鼻涕的手帕碰我尊貴的身體！影響我集團業績的竟是我隨行秘

書的朋友，你說我應該怎樣向你追究呢？」自從認識了安娜後，光臣再一次和妖魔扯上關係。

「對不起……」安娜也低下頭道歉。

「你為什麼要在我的遊樂場裝神弄鬼？」見識到女鬼的真身是弱質纖纖的雪女後，光臣也不好意思破口大罵。

「我……和我的心上人有個約定，要一起來這裡約會。」雪姬離開故鄉來到人類的城市，為的是愛情。

「能令美麗動人的雪姬姐姐傾心的到底是怎樣的人呢？很英俊的？」談論到愛情，安娜好奇心爆發，令害羞的雪姬臉紅耳赤。

「是怎樣的人根本不重要，重要的是為什麼你們不速速見面，拖泥帶水影響我的生意？」光臣對這故事中的男主角是怎樣的人，一點興趣也沒有。

「他……沒有出現。」雪姬忍不住眼泛淚光，附近的溫度也受影響下降。

「那你可以去找他呀，你沒有他的手機號碼嗎？住址呢？」光臣心急著問。

「我沒有手機……也不知道他的號碼，他說過會在做出成績後回去找我的，但是……

他沒有遵守約定。」雪姬在雪山深處長大，對人類的文明社會又不了解，一個人離開故鄉來到陌生地方，是很需要勇氣的。

「所以説英俊的男生除了我以外，全都是信不過的！你八成是被欺騙感情了，回去你原來的地方吧，別為這種人浪費青春。」光臣認為事情已經結束。

「可能他還未做出成績，才不好意思去找你呢？又或者他有去過找你，但卻不知道你來了三途賓館呢。」安娜問。

「不……我能在電視機上看到他，他已經成功了，達成他當日的理想，只是……他沒有來找我。」雪姬翻找出一張即影即有相片。

雪姬和她心上人唯一的合照，當中的男子，安娜並不陌生。

「晨曦王子？」笑容燦爛的晨曦搭著雪姬的肩膀，羞澀的雪姬難掩幸福的表情。

晨曦和雪姬的故事，發生在四年前，雪山上的一場意外，讓那一臉稚氣的男孩遇上那純如白雪的女生。

四年前的晨曦還只是娛樂公司的練習生，要正式以偶像團體出道需要經過多輪選拔，淘汰大量競爭對手，而當時的晨曦正為未來感到迷惘。

長時間的訓練，學習多元化演藝技能，還要控制飲食，練習生的生活比晨曦想像的艱難許多，最令他難過的是看著一個又一個熟悉的戰友被革除。

就在前路茫茫，壓力快要把他壓垮之際，晨曦在日本集訓期間發生了意外。

「腳……動不了……」在集訓結束前的休息日，晨曦不聽勸告，在大風大雪的日子前往當地雪山滑雪，結果在暴風雪中意外受傷，右腳骨折，在白茫茫一片的雪中迷失方向。

「還活著嗎？你掉到很深的地方，搜救隊是到不了這裡的。」晨曦掉落到雪山深處，在接近雪女棲息的地方，雪姬發現了他。

「是天使嗎？我……有資格來天堂嗎？」晨曦被雪姬的美貌驚豔，加上受創後頭腦不清，很快就暈眩過去。

「喂……在這裡昏倒的話，真的會死去呀。」第一次接觸人類男子的雪姬，在不知道該如何處理的情況下，把晨曦帶到了雪女的村莊。

大自然神秘莫測，在人類以為熟悉的雪山中其實別有洞天，走過冰雪覆蓋的杉樹林，

穿越山縫之間的隱蔽通道，雪姬把昏睡的晨曦帶進從不被人類踏足的土地。

「唉呀……這地方是不能泄漏給人類知道的。」雪女長老們都感到大事不妙。

「但是……不理他的話，他會在外面凍死的。」晨曦失去了活動能力，就算雪姬想指引他逃生路線也沒有用。

雪妖族的男性都偽裝成人類在外地進行回收工作，而女性都會留在村莊照顧家庭，村莊保留著古老日本風格，傢俬電器也用著回收得來的古老產品。

「他長得挺俊俏呢。」而久未接觸人類的雪女們，對睡相像小孩的晨曦印象不壞。

「暴雪還會持續數天，救援隊伍也無法搜到這一帶，我們就讓他休養到天氣好轉，再送他到人類能找到的地方吧。」雪女族長決定網開一面，在雪中長大的她們並非冷酷無情的人。

「可愛的小哥啊，來吃熱粥吧。有沒有哪裡痛呀？有需要的東西嘛？」當晨曦清醒過後，雪女們都熱情地款待他。

「這裡是？」被白髮的雪女們包圍注視，加上從身體多處傳來的痛楚，晨曦很快意識到這裡不是天國，也不是夢境。

「這裡是雪女的村莊——雪之鄉。待你的傷勢痊癒，我就送你離開，若然你把這地方泄漏出去，就算追到天腳底我也會找你報復。」雪姬拿著湯匙威嚇晨曦。

「你把湯匙……拿反了啦。」晨曦不禁失笑，他看出了雪女們都沒有惡意，更覺得想威嚇他的雪姬可愛而又笨拙。

受到雪姬的悉心照料，除了腳部的骨折外，晨曦的傷勢已好得七七八八，但看著雪女們無憂簡樸的生活，晨曦愈來愈不想離開。

「我不能……留在這裡生活嗎？」晨曦問。

「當然不能，這裡是雪女的地方，雪女會把男人冰封，還會吃他們的靈魂，吼！」雪姬裝出想咬晨曦的模樣。

「那請你把我冰封在這裡，每天陪我説説笑好嗎？」長期受壓抑的晨曦，想逃避現實。

「為什麼你不想回去？在雪山遇難的人都會很想回家，很想念家人呀。」雪姬不明所以。

晨曦出身寒微，因為從小長得可愛而被發掘成為童星，無懼鏡頭的晨曦在大銀幕上得到高度讚揚，工作的機會也接踵而來，父母發現兒子原來是一棵搖錢樹，便把他當成商品

賣給娛樂公司，為成為人氣偶像賺取更多金錢而接受培訓。

「我不想當個為金錢而活的藝人，這比一切也來得虛偽……」晨曦失去了動力，又或者他從未為自己而努力。

「你可以暫時留在這裡休息，直至你完全康復，我指的……不是這骨折的腳，而是你疲憊的心靈。」雪姬接納了晨曦，在治療的半年時間裡，她也無微不至的照顧著這倦怠的男孩。

日復日的相處，加上不同的成長經歷和環境，晨曦和雪姬無所不談，而晨曦也對這雪中的鮮花萌生出愛慕之情。

「晨曦，快來看看！」一年後晨曦已健步如飛，但他假裝還未完全康復，不肯離開雪之鄉。

雪姬帶來一部古董留聲機，透過針頭接觸黑膠唱片播放出晨曦熟悉的老歌，那是良久以來，晨曦再次為音樂感到喜悦。他跟著音樂高歌，擺動身體，曾經他聽著這首歌載歌載舞，被父母大讚有天份，而對演藝事業感興趣，只是這份喜悦，已被他遺忘。

「我……是時候回去了。」初雪來臨的那天，晨曦決定重新出發。

晨曦找到了堅持下去的原動力，也找到了想為她奮鬥的女生。

「我送你離開雪山吧。」雪姬知道分別的一天終會來臨，她已有心理準備把在雪中萌生的感情，長埋雪山。

「我會回來的，在我成功出道，做到成績出來後，我會回來雪之鄉接你。」晨曦一手抱緊雪姬。

晨光，融化了冰雪。

「到時候我們一起生活吧！」晨曦想要和雪姬建立家庭，為此他需要在事業上闖出一片天空。

回到人類社會後，晨曦以遇難昏迷，受當地人照顧為失蹤的解釋，而比過去更充滿活力和信念的他，終於以偶像男團的隊長出道。「防火少年團」在三年間衝出國際，但晨曦，沒有遵守約定。

「雪裡紅！和晨曦所寫的歌詞裡的內容完全一樣！那首歌原來是寫給雪姬姐姐的，真

浪漫啊！」少女心爆發的安娜羨慕著說。

「你這樣說我會很害羞的……」肌膚如雪般白皙的雪姬很容易臉紅。

「竟然利用公司資源來調戲女生，不可饒恕。」相比之下，光臣就不夠了解少女心事。

「但是……既然晨曦的新歌是寫給雪姬姐姐你的，那他一定還喜歡著你吧？為什麼他不主動找你呢？」安娜不明所以。

「我曾寄信給他，讓他知道我會在遊樂場等待他，但是他沒有來找我……」不能見面的痛苦，令雪姬長期陷入悲傷，失控地釋放出寒冰凍氣。

「是沒有來還是不知道要來，這一點看來要找本人求證一下呢。」光臣深信如果雪姬所言屬實，那晨曦不應任由雪姬獨自哭泣。

因為讓女人哭泣的男人，是不值得被愛的。

翌日早上，晨曦一大清早已在練舞室練習，總是比每一個成員早起，比每一個成員勤奮的他，無論歌舞還是演技都已獨當一面。

「不會是她的……雪姬不是這樣的人。」晨曦陷入苦惱之中，接連寄出恐嚇信的人身份未明。

「雪女的村落……不會被發現了吧？」信中說的秘密含糊不清，晨曦不擔心戀情曝光，只擔心連累雪女的棲息地被發現。

「那個違反商品說明條例的人，我有事跟你談。」光臣闊步走近晨曦。

「會長，這裡是藝人練習的地方，你不能進來的……」經理人為難的說。

「晨曦王子滿頭大汗的樣子也很帥呢！」小粉絲安娜能近距離接觸偶像感到興奮雀躍。

「是皇城集團的會長吧？幸會。」晨曦微笑著伸出友誼之手。

「別用你沾滿臭汗的手沾污我的身軀，我來的目的只為問你一個問題，你，有沒有收到雪姬寄出的信。」光臣不轉彎抹角。

「你指……恐嚇信嗎？你認識雪姬？她還好嗎？」晨曦取出其中一封恐嚇信交給光臣。

「恐嚇信？」愛人寄出的收不到，卻突然多出神秘的恐嚇信，光臣估計從中作梗的，

只會是為晨曦處理雜務和過濾信件的人。

「你也好事多磨了，是想阻礙旗下藝人談戀愛？還是害怕他解約離巢？」光臣問唯一能接觸寄給晨曦信件的經理人。

光臣猜想得沒有錯，沒收雪姬寄出的情信，再以恐嚇信迫晨曦不敢解散的，是從這偶像男團成立以來就照顧他們的經理人。

「晨曦……團隊的發展正如日中天，你們還能走得更高，能飛得更遠，我這樣做也只是為了你們著想呀……如果在這時候你的戀情曝光，對你對團隊也只有壞處。」經理人偷看過雪姬的信，也知道晨曦在遇難時愛上了當地的某人，為了阻止他們見面所以出此下策。

「但……這是我和她的約定呀，就算沒有飛黃騰達，我也一定會回她的身邊。」晨曦沒有忘記約定，對雪姬的感情也沒有變遷，〈雪裡紅〉一曲正是他還深愛著雪姬的證據。

「都什麼年代了？還擔心偶像談戀愛而失去粉絲？落後！荒謬！變態癡女，你會因為晨曦談戀愛就不再聽他的歌嗎？」光臣問。

「報告會長！不會的！」安娜快速回答。

「所以，如果你被粉絲離棄原因只有一個，就是你無能！你，有沒有這份自信？有沒

有對愛人作出承擔的勇氣？」光臣指著晨曦問。

「我已經讓雪姬等得夠久了。」而晨曦亦有堅定的答案。

晚上的夢幻皇國再次暫停營業，但原因不再是因為女鬼作祟，而是光臣為雪姬和晨曦安排了不受任何人騷擾的約會場地。

「抱歉，讓你久等了。」晨曦一看見站在噴水池前面的雪姬就二話不説把她擁入懷中。

「我以為……你把我忘記了。」雪姬哭成淚人，但週圍卻沒有凍結成霜。因為這次雪姬流下的是感動、快樂的眼淚。

「我為你寫了一首歌，我本來已急不及待想要見你，只是……」晨曦沒有令雪姬失望。

「是〈雪裡紅〉吧？」能抱緊眼前人，雪姬已不需要更多解釋。

「嗯，你就像白雪一片中唯有的鮮花，是你從雪中，從迷茫中拯救了我。」沒有遇上雪姬，或者晨曦已放棄了演藝之路。

「我們不要再分開了，我會照顧你的，無論在雪之鄉還是在這裡。」現在晨曦找到成

功的方向，重遇他想一起走過未來的人。

而在雪姬微笑點頭的同時，煙火在夜空中爆發，像是為兩人的愛情送上祝福。煙火最美麗的時刻需要黑夜陪襯，雪花最動人的一刻也需要晨光照耀出它的通透。

「嘩，這畫面超感人的，晨曦王子和雪姬姐姐真是天生一對！」安娜用手機拍下這珍貴的時刻。

「不難過嗎？你朝思暮想的王子被你的房客搶走了。」光臣說著帶有醋意。

「唉呀，晨曦王子是屬於大家的偶像呀！我喜歡聽他的歌，看他跳舞，因為這令我感到更有動力。與雪姬姐姐和他的感情是不同的。」雖然安娜未談過戀愛，但她知道因為戀愛而心動不是這樣的。

「不過會長大人真的很闊綽呢，煙火的費用應該很高昂吧。」看到光臣為他們準備的浪漫約會，安娜對光臣另眼相看。

「就當是入職禮物吧，我會利用雪姬賺取高幾倍的回報。」光臣當然不會做蝕本生意。

「吓？入職禮物？」安娜疑惑地問。

「你認為解決這對癡男怨女的感情煩惱，遊樂場女鬼的事就結束了嗎？就算雪姬不再出現在遊樂場，也無法消除網絡流傳的都市傳說呀！」光臣幫助兩人重逢，只為賣一個人情給雪姬。

「那……英明神武的會長大人你有何高見呢？」安娜問。

「是聰明絕頂風流倜儻玉樹臨風英明神武的會長大人！和那邊違反商品説明條例的小白臉是完全不同層次的！這麼優秀的我當然已想好對策啦！」光臣強調自己比晨曦更優秀。

「啊，那即是可以收工啦？沒有其他事的話，小人告退啦！」安娜沒好氣地說。

「慢著……一場來到，又無其他客人，我們……不玩一下才回去嗎？」光臣別過臉問。

「真的？真的可以？我想來遊樂場玩很久了！無奈這裡總是人山人海，害我不敢進來。」安娜凝於對血液的衝動，一直以來都活在黑暗之中。

像晨曦融化了積雪，光臣也照亮了安娜的世界。

「作為你陪我走進鬼屋的獎勵，寬宏大量的我決定親自陪你玩樂，無限次、免費。」

光臣的話還未説完，安娜已衝向過山車的方向。

「這樣的話，我也算是兑現了以前的其中一個承諾了吧。」光臣輕聲自言自語。

「會長，快點過來啦！」安娜還未想起來的記憶裡有過光臣存在。

但這段記憶的最後，卻染滿了鮮血。

遊樂場女鬼一事總算告一段落，數日之後晨曦向外界公開了和圈外人士的戀情，並坦言〈雪裡紅〉一曲是為愛人而創作。

事件公開後，晨曦的支持度沒有明顯下跌，大眾對這長情專一的大男孩更愛護有加，至於「防火少年團」是否解散的事，晨曦和其他成員決定在一年後再作定論。

而同一時間夢幻皇國在記者會上發佈最新消息，早前流傳的白衣女鬼只是大家的誤會，遊樂場正為接下來的聖誕準備全新大型活動，而活動的真身是冰雪女王的狂歡派對，大家所看到的不是女鬼，而是由雪姬飾演的冰雪女王。

人們對疑幻似真的冰雪效果大為欣賞，先進特技的背後其實是由雪女在操作。

「山神、吸血鬼、雪女……長此下去我可以開一個妖魔專屬的部門了。」光臣為身邊愈來愈多妖魔而感到頭痛。

「這樣不是很好嘛，有琥珀幫你管理生態公園，又有雪姬姐姐為聖誕做宣傳，大家也很能幹呢！」安娜覺得很快樂，就算是妖魔，光臣也願意接納大家。

「那你呢？他們算是發揮了自己的利用價值，那請問我的吸血鬼秘書你除了無時無刻對著我流口水外，還有什麼個人之處呢？」光臣瞪著安娜說。

「我一定會努力工作！好好保護好美味的會長你！」安娜向光臣擺出軍人敬禮的姿勢。

「保護我就不必了，不要吃了我就好。」光臣曾經受過安娜的保護。

在兩人還個子小小，還天真爛漫的時候。

機場入境大堂內，身穿歐陸式古著長裙的女人頭戴著一頂誇張的羽毛帽，黑色的衣帽更顯她蒼白的膚色，格外顯眼的她沒有理會週圍行人的目光。

「主人，我真不明白為什麼你要浪費時間乘坐飛機呢？飛行的話不消一會兒就到達了吧？」女人帽上的羽毛，化成一隻會說話的烏鴉。

「這是生而為人的樂趣呀，雖然我已不完全算是人類。」女人的唇上塗了鮮豔如血的紅色，貌似三十來歲的她實際年齡要大許多。

「而且我有的是時間。」女人的回歸，是為了狩獵。把曾溜走的獵物，吃個一乾二淨。

「還以為那狡猾的老頭子把兒子送出國外，原來偷偷召回來了呢。」烏鴉看著大熒幕中的新聞報道說。

「就算他逃到天腳底也是沒有用的，在魔女面前啊……沒有能躲藏的地方。」女人是人類世界只餘下少數的魔女。

會使用魔法，與妖魔達成契約，靠吸食靈魂延長壽命。魔女一族，是觸犯眾多禁忌的危險族群。

「連那吸血鬼丫頭，也還在那小鬼的身邊呢。」熒幕中的光臣正在進行新聞發佈會，

而安娜正站在他的身後。

魔女露出陰森的笑容，十多年前她錯過的靈魂，這次絕對要得到手。

三途賓館內，安娜邊梳洗更衣，邊向堤姆分享遊樂場女鬼一事。

「所以呢！我們不用再擔心走廊結冰，我同一時間解決了秘書和管理員的工作，是不是很厲害呢？」安娜覺得工作日漸上手，生活過得愈來愈有意義。

「光臣……你的會長知道世上有妖魔後，沒有跟你說什麼嗎？」放手讓安娜獨立的堤姆，其實十分擔憂。

「哈哈哈哈……他的接受能力很強的，其實從生態公園一事開始，他已經知道妖魔的存在，還知道我是……吸血鬼。」穿幫只是時間的問題，安娜本來就不是一個能守秘密的人。

於是安娜把來龍去脈都對堤姆坦白，堤姆是她的家人，要向家人說謊安娜也不好受。除了一件事，安娜不敢坦白。

「唉……你老實回答我，你有沒有吸他的血液？」從上次衣服破爛的狀況，堤姆已猜到大概。

「當然沒有！我為什麼要吸那自戀狂的血？我肚餓可以吃麵包呀！」安娜不想令堤姆擔心，決定繼續隱瞞下去。

「記著，吸血鬼在人界吸人血是禁止的，最壞的情況是你染上『血癮』，到時候就算你想拒絕，也身不由己。」堤姆再三叮囑。

「其實染上『血癮』有這麼恐怖嗎？」安娜未見過這樣的情況發生。

「你的父親曾染上『血癮』，那是令他痛不欲生的經歷……還令很多人受到傷害。我答應過他會好好照顧你，你不要讓我們失望啊。」堤姆嚴肅的說。

「爸爸……」安娜對父親和母親的印象很少，但父親為她戴上穿著指環的頸鏈這一幕，她還歷歷在目。

經過一番努力，皇城集團的股票價格已回升至接近光臣所承諾的金額，就算一個月的

限期將至也不怕會長之位會被動搖，但還有一件事令光臣心緒不寧。

「會長，你今天的日程……」安娜走進會長室內，光臣和金室長正一臉凝重地討論要事。

早前遊樂場女鬼一事金室長沒有參與，因為光臣指派了他調查更重要的事情。

「你也認識老頭子，這件事你也一起聽吧。」光臣說。

「是……什麼事情呢？」安娜疑惑的問。

「老爺的死因疑點重重，警方又辦事不力，所以會長托我暗中調查，老爺的死亡地點是在本家大宅，我已檢視過週圍一帶的閉路電視紀錄，當中並沒有任何可疑人物出現。」金室長報告著說。

「那兇手會不會是大宅裡的人？或者是叔叔認識的人呢？」安娜問。

「那一天沒有人去過大宅，而且所有工人也在案發時間前下班回家。」金室長已確認過工人們的不在場證據。

「那兇手豈不是像會隱形一樣，能無聲無息來去自如？」安娜疑惑地說。

「我們唯一的線索，只有這相片。」金室長拿出一張影像模糊的相片。

「這是當晚附近的居民在使用航拍機時無意拍攝到的畫面，安娜，你覺得這像什麼？」

光臣指著相片中在夜空飛行的黑色身影。

「像個……騎在掃帚上的人？」能做到人類所做不到的事情，極有可能是妖魔作祟。

「世上有山神、雪女，甚至吸血鬼，就算再出現什麼我也不會覺得驚訝，殺害老頭子的就算是妖魔我也絕不放過。」光臣雖然已習慣和妖魔打交道，但和真正抱著惡意的妖魔對抗，是兩碼子的事。

「金室長，出發吧。」但光臣已下定決心。

「會長？你要去哪裡？」安娜有不祥的預感。

「老頭子生前常去的地方。」自從看到安娜變成吸血鬼的模樣後，光臣已回想起孩童時期的不少記憶。

但是光臣感覺到記憶像玻璃碎片般零散破碎，當中最重要的碎片更似被有意隱藏，而這碎片，很可能和他父親的死有關。

「你可以不用跟著來的。」伊甸園孤兒院外，光臣嚴肅地說。

「我是你的隨行秘書嘛，再者這裡我比你更熟悉呢……雖然我已很久沒回來。」安娜看著熟悉的球場、草地，相隔十年以上的地方沒有多少變化。

「為什麼不回來？」光臣今天神色凝重。

「四葉姐，即是賓館的包租婆，她不喜歡我回來孤兒院呀，每次我提起這裡她也大發雷霆。」安娜一想到四葉發火的表情就害怕。

「也對，反正沒什麼好回憶的。」光臣話中有話。

「吓？」但安娜聽不出來。

「你在這裡等我，金室長跟我進去。」光臣約見了孤兒院院長，但他不想安娜聽到他們的對話。

「神神秘秘……哼，我自己週圍散步也好！」安娜覺得重遊舊地是值得高興的事。

因為安娜不記得，但光臣已開始回想起來的那件事。

院長室內，年老的院長戴著老花眼鏡，他看著窗外正在散步的安娜感觸良多。

「光臣啊，你和安娜還是重遇了嗎？」院長背對著光臣說。

「她現在是我的隨行秘書，我今天是以皇城集團的會長身份來和你協商的。」光臣坐在沙發上，他要盡快解決困擾他的問題。

「我們受到前會長很大的恩情，有什麼事我能幫助你的，一定盡我所能。」院長說。

「我能保證老頭子過去每年的捐款會繼續維持下去，但你要老實回答我接下來的每一個問題。」光臣拿出支票和航拍機拍下來的照片。

「這個人是誰？十四年前在我被送到外國之前，我和安娜在這裡發生了什麼事？」光臣找不到的那碎片，是被強制送到國外前發生的流血事件，他記得染滿鮮血的自己，和哭成淚人的安娜。

「要發生的還是要發生，無論怎樣躲避也躲不過來……我告訴你吧，你們被封鎖的那段記憶。」院長除下眼鏡，露出難過的表情。

「嘩，真令人懷念呢。」看著各種不同種族的孩童在踢球耍樂，安娜不禁想起昔日的時光。

「那時候的設施還原封不動保留著，像坐上時光機一樣呢。」舊式的遊樂設施、石椅桌、長椅，相比從前只不過多了歲月的痕跡。

「如果真的有時光機，是不是能再見到爸爸和媽媽呢？」安娜握著用頸鏈穿起的戒指。

「那位哥哥不知道現在怎樣呢？我的秘密基地還在不在呢？」走著走著，安娜走到在孤兒院後方的小徑，沿著小徑一路走到山頂，那裡有一個充滿她兒時回憶的地方，安娜當作秘密基地的廢棄教堂。

「嘩……真殘舊啊，這麼多年來也沒人打掃過嗎？」千瘡百孔的破舊教堂週圍也滿佈灰塵和蜘蛛網，黃昏的光線能直透入內，教堂外傳著烏鴉的叫聲。

和十四年前相同的地方，安娜看到了重疊的畫面。

「這個人是……是誰？」現實中教堂內只有安娜一人，但重疊的畫面中卻有一個黑衣女人站在教堂正中央。

過去的畫面令安娜感到恐懼和頭痛，望見逐步迫近她的女人，安娜的身體不受控制地

抖個不停。

「這是你的天性呀，吸血鬼吸人血是天經地義的事情，無必要壓抑自己……我們是與別不同的，領導這世界的應該是我們才對。」女人的身後長有黑色的羽翼。

「我不認識你……你到底在說什麼？」安娜一步一步往後退。

「但我不能讓你吃掉那小鬼，你們的命都是屬於我的。」女人露出猙獰的笑容。

「什……什麼？」安娜轉身望向女人凝視的方向。

「安娜……快逃跑……」安娜看到夢中的男生滿身是血。

「為……為什麼？」安娜驚訝得跌坐地上。

「為什麼會是我？」安娜看到的，是小時候的自己正咬著男生的頸部。

「安娜！」現實中的光臣抱著抖動不安的安娜。

結束了和院長的對話後，光臣因為不見安娜的蹤影四處尋找，終於在舊教堂找到安娜。

「光臣……我小時候見過的男生是你吧？」安娜回想起來了。

「是我。」光臣知道已不用再隱瞞下去，而剛才和院長的對話中，他同樣找到失落了的記憶碎片。

「不用怕，沒事的……我不會讓那傢伙再次傷害我們。」光臣知道了殺父仇人的身份，兇手早已在十四年前出現在他和安娜面前。

光臣懷中的安娜失去意識昏倒，他們都沒有留意到教堂外停留著很多烏鴉，而其中一隻烏鴉的瞳孔發著紫色亮光。

「十四年後的你們，靈魂一定會變得更美味吧？這次我不會再大意了……半妖的吸血鬼。」魔女透過使魔烏鴉的眼睛窺探著光臣和安娜，她的右腹隱隱作痛，因為十四年前的傷患至今仍為她帶來痛楚。

三途賓館天台的鐵皮屋內，光臣護送了暈倒的安娜回來，唐醫生正在為安娜作檢查。

「妖魔的賓館裡竟還有木乃伊提供妖魔門診服務……」光臣全程守護在旁，對於不是人類的事物，他已習以為常。

「已很久沒有人類踏入賓館了，看來你很緊張我們家的安娜呢。」唐醫生笑著説，但他繃帶下的表情無人看得到。

「安娜的狀況如何？」較早之前光臣抱著安娜在大堂呼天搶地，嚇得正在閒聊的唐醫生和達倫心驚膽戰。

「放心，應該只是受驚嚇暈倒，沒有大礙的。」唐醫生說。

「我想陪她多一會，沒問題吧？」光臣並不是問唐醫生，而是問和他保持了一定距離的天竺鼠堤姆。

「隨你喜歡吧，我也有事要外出一會。」知道安娜是在舊教堂暈倒後，堤姆一直若有所思。

光臣握著安娜的手，回想早前和院長的對話，院長為他補充了他失去的重要記憶，而光臣的父親把他強行送出國外的原因亦在其中。

較早前。

「魔女梅菲瑟？」光臣問。

「梅菲瑟是觸犯多項禁忌的魔女，是獵人公會通緝的重犯，她精通魔法，而且十分狡猾，多年來獵人們也捉拿不到她……令尊的死，相信也是她的所為。」院長皺著眉說。

「為什麼她要殺害老頭子？她和我還有安娜到底有什麼關係？」光臣激動地問。

「梅菲瑟的真正目標是你和安娜，她是專吃年輕靈魂的邪魔外道。十四年前這所孤兒院被她盯上了，她把小孩囚禁在舊教堂的地下室，慢慢把他們的靈魂吃掉，用以增強她的魔力和延長她的壽命。你和安娜在舊教堂裡找到被囚禁的孩子，想要拯救別人的你們卻被她發現了。」院長一直感到內疚，事情就發生在他的身邊，但他卻沒有察覺。

「安娜為了保護你，保護其他孩子，無計可施之下吸了你的鮮血，以人類的鮮血激發吸血鬼最大的爆發力……她成功重創了梅菲瑟，但她當時還太年幼了，想吸血的慾望揮之不去，她差點把你的血全部吸光……這樣不只令安娜被『血癮』操控，還會威脅人類的安全。

你們當時還很年輕，為你們著想，我們邀請了公會的魔法師把這段記憶封印住，只可惜梅菲瑟卻逃之夭夭。」院長繼續說。

「那個魔女原來是回來復仇的……」光臣說。

「身受重傷的梅菲瑟說過終有一天會回來吃掉你們，令尊為了你的安全才把你送到國外，而三途賓館的九尾狐則接走了安娜親自照顧。」光臣和安娜就這樣忘記了對方，分別了十四年。

「老頭子臨終前寫信托安娜來找我，是因為他知道梅菲瑟已回來，而且要找出我的所在也只是時間問題……他希望安娜能再次保護我。」光臣找到了答案，他的父親一直在保護他、愛護他。

「我相信這正是令尊的用意。」院長說。

「我已不是要人保護的小孩，安娜也是魔女的目標，老頭子不應該自作主張要她來保護我。」光臣站直身子。

「那魔女我自有辦法對付，誰也休想擺佈我和安娜。」光臣轉身離開。

「安娜小姐呢？」金室長和光臣走出孤兒院時，安娜已不知所終。

「我去找安娜，金室長我另有事情要拜托你馬上去辦。」最後光臣在舊教堂找到了快將昏倒的安娜。

這是光臣、安娜和梅菲瑟在十四年前結下的恩怨，時間沒有剪斷三人之間的惡緣，光臣的父親為此不幸喪生，為了不再讓更多犧牲者出現，光臣誓要和魔女作出了斷。

「光臣……會長。」安娜回想起夢中男生的名字。

曾一起遇險的兒時玩伴，現在已是一個大集團的領導人。

「有沒有不舒服的地方？要叫木乃伊來和你再檢查一下嗎？」等到安娜清醒過來，光臣鬆開了安娜的手。

「你……一早已認出我了嗎？」安娜搖搖頭說。

「在山林看到你的蝙蝠翅膀，和頭髮變成藍白色之後，就一點一點回想起來了。」光臣沒有正視安娜。

「為什麼不早點告訴我？」安娜一想到曾差點殺死光臣，心臟就不禁隱隱作痛。

「反正不是美好的回憶，能忘掉也是一件好事，你也不用介懷了。」光臣不想安娜感到內疚。

「怎可能不介懷……」安娜輕撫光臣的脖子，慶幸她曾深深咬過的位置沒有留下傷疤。

「過去的事已成過去，而且我也成長為這麼完美無瑕的優秀人才，這樣就足夠了吧。」光臣露出洋洋得意的表情。

「對呢，真的變成很優秀的男人了。」安娜笑著贊同，而不是在他背後扮鬼臉。

「還會感到害怕嗎？不然我留在這裡陪你一晚吧？在這個……狹小又亂糟糟的空間。」

光臣感到慶幸，慶幸十四年後能和安娜重遇。

「不！不用了！」安娜才驚覺她久未執拾房間，衣服雜物通處亂放。

「想不到我第一次進入的女性房間，會是這種模樣……真令人深刻呢……」光臣取笑著說。

「你快出去！出去出去出去！」安娜紅著臉把光臣推出房外。

「那明天見吧，對了，我下次進來的時候不要再看到床頭貼滿其他男生的海報！你有需要的話我可以提供大量我的個人特寫，高清的，讓你貼滿這房間。」光臣指著床頭的晨曦大頭海報說。

「唉呀！誰要貼你的海報啊！」安娜沒好氣地說。

在光臣離開後，安娜感覺加速的心跳還未平伏。

「還會再進來嗎？」安娜看著窗外的明月自言自語。

「不會再讓你受傷害的。」而駕駛著汽車的光臣一樣在想著對方。

不過黑夜還未結束，十四年前結下的恩怨，魔女梅菲瑟要在今晚算清。

光臣回家的山路上，街燈在他眼前逐一熄滅，光臣能看到遠處站立的女性身影，那雙發出紫色亮光的眼睛，令光臣知道殺父仇人已找上了他。

「比我想像的更快出現呢，魔女梅菲瑟！」光臣踩實油門，房車全速行駛，光臣想要直接撞向梅菲瑟。

光臣沒有一絲猶豫，但房車碰到她剎那，他並沒有感到碰撞的觸感，因為梅菲瑟早已化身無數烏鴉避過傷害。

「這樣的打招呼方式非常不禮貌呢，是父母沒把你教導好吧？」梅菲瑟在房車後座現身。

「和殺人兇手講禮貌的人才是沒接受好教育吧。」光臣把軚盤扭向欄杆的方向，並急速打開車門跳離車廂。

房車衝破欄杆掉落到山崖下發生爆炸，而在馬路上翻滾的光臣只受了一點皮外傷。

「判斷力不錯，而且勇氣可嘉，想不到十四年前面對我哭哭啼啼的小鬼，長大成這麼優秀的男子漢了呢。」但是梅菲瑟絲毫無損，坐在掃帚飄浮空中。

「要殺死魔女果然沒有這麼簡單易辦……」光臣心知不妙，要和他認知以外的東西對

抗，他的常識全不管用。

「還有什麼板斧不妨拿出來，在吃掉你和吸血鬼丫頭之前我不介意浪費一點時間。」梅菲瑟降落到馬路上，烏鴉使魔站在她肩膀鳴叫。

「為什麼對我們這麼執著？值得十四年來也緊咬我們不放？」光臣邊退後邊想對策。

「因為你們的靈魂散發著獨特的亮光，吃掉你們一定能大大提升我的魔力。更重要的是……那丫頭對我造成的傷害令我元氣大傷，十四年來我無時無刻被痛苦折磨，這筆帳我一定要跟你們算清……不只你們的性命，你們認識的人、朋友、家人，他們全部都會因你們而死。」梅菲瑟散發出紫黑的魔力，壓迫感強大得令光臣寸步難移。

「我不會讓你們死得痛快的，我要你們看著彼此的眼睛，感受絕望慢慢死去。」梅菲瑟的掃帚變成了魔法杖，她畫出的魔法陣令光臣瞬間昏睡過去。

「安娜……不要傷害安娜……」面對身經百戰的魔女，光臣根本沒有反抗的能力，光臣只能祈求安娜平安無事，和他最後的一步棋沒有行錯。

安娜的房間內。

「我才不要把海報換掉……他也未必有機會再進來呀。」安娜在房間內來回踱步。

「雖然晨曦已經有了雪姬姐姐，但我知道她不會介意的；提姆到底去了哪裡？已經很晚了呢……」提姆習慣早睡早起，這時間還不見他在床上是鮮有的事。

而安娜的手機突然傳來短訊的聲響，發訊息正是剛才對海報喋喋不休的光臣。

「會……會長？」照片上被綑綁雙手的光臣在昏暗的室內。

「小安娜啊，來教堂找我吧。」梅菲瑟用光臣的手機致電給安娜。

「不要傷害會長！」安娜緊張地說。

「這一點我不敢保證呢，畢竟我已忍耐了十四年，不想這小可愛孤身上路就一個人來找我吧。」梅菲瑟掛斷了電話。

「會長……等等我。」能拯救光臣的就只有安娜，就像十四年前一樣。

安娜脫下了遮蓋紅色右眼的隱形眼鏡，漆黑的雙翼破衣而出，紫色的長髮轉變為藍白，安娜不再隱藏吸血鬼的姿態，在夜空下全速飛行向舊教堂。

舊教堂的地下室是當年梅菲瑟用來囚禁小童的地方，今日地下室內沒有小童，只有光臣無助地等待救援。

「吃了我們，增強了魔力之後又如何？你們的世界不是有獵人嗎？像你這種邪魔外道……一輩子也只會過著過街老鼠般的生活吧？」光臣兩手被鐵鏈綁住並吊起。

「正因為這樣，我才要吃更多優質的靈魂，直至所有獵人也奈何不了我，直至世界被改造成我等優秀族群領導為止。」魔女在世上不止梅菲瑟一人，在歷史上魔女在歐洲經歷過屠殺和滅絕，她們都痛恨凡人和凡人決定一切的世界。

「荒謬……你一定是看得動漫太多患上中二病了。」光臣嘲笑著說。

「人類是世上唯一一種已停止進化的物種，人類依賴工具、機器、人工智能……任由弱小的自己停留、退化，最後的下場自然是被淘汰，然而魔法，是讓人類再度進化的鑰匙。」梅菲瑟畫出魔法陣，牆壁上的青苔受到滋養長得更翠綠廣闊。

「人類自私的開發無止境地污染，開採這世界的資源，但有了魔法，以上的難題全部能迎刃而解。你們憑什麼打壓我等優秀的魔女？要我們活在禁止使用魔法的制度？」梅菲

瑟句句有力，她對自己的信念毫不動搖。

「那即是要回歸弱肉強食的戰爭時代，以武力統治世界嗎？」光臣能想像那會是暴力支配的極權社會。

「你們人類，又有停止過戰爭嗎？」然而梅菲瑟沒有說錯，戰爭只不過由軍事衝突轉變成經濟貿易層面。

「無謂和這小子浪費唇舌了，反正今晚就是你的死期，你沒有機會看到新世界來臨的。」梅菲瑟肩上的烏鴉說。

「說得對，我要的只有他的靈魂，血肉就留給你吧，巴特。」梅菲瑟解放出使魔的真正模樣，使魔巴特的真身是長有烏黑鳥翼的鷹頭獅身妖魔。

光臣拼命掙扎，看著鷹頭獅步步逼近他已無計可施。

「不，他死了的話，安娜會很傷心的……」無助的光臣下面傳出了聲音。

「天竺鼠？安娜的寵物？」光臣嚇了一跳，差點踩扁了腳旁的提姆。

「提姆，我的失敗作如今出現在我面前，是想懇求我讓你再做我的使魔嗎？」梅菲瑟是提姆的前主人，但她拋棄了提姆，讓他淪落為濫殺無辜的妖獸。

「不……你這種人無資格做我的主人，我今天是來幹我十四年前應該幹的事。」是安娜的父母拯救了提姆，並為他施加了能隱藏兇猛面貌的魔法。

「十四年前我不應該逃跑，我害怕你，導致他們差點送命，安娜更幾乎染上『血癮』……現在我不會逃避，就算要死，我也要你陪伴我到地獄懺悔。」提姆解放出原來的姿勢，小天竺鼠的真身是西方神話傳說中的魔獸——奇美拉。

獅子的頭顱和身軀，背上長有蝙蝠的翅膀和蛇頭的魔巴，提姆和巴特一樣是梅菲瑟創造的合成妖魔。凌駕人類，創造新的物種，魔女妄想成為新世界的神。

「看來我命不該絕呢。」蛇尾咬破了鐵鏈，光臣總算能自由活動。

「既然是失敗作，即是我吃掉也可以吧？」鷹頭獅巴特飛撲上前，和提姆扭成一團。

提姆雖然能為光臣阻擋使魔巴特，但真正難以對付的敵人是魔女梅菲瑟。

「小子，你以為能逃跑到哪兒呀？」光臣還未反應得來梅菲瑟又以魔法束縛住他的身體。

「放開會長！」吸血鬼安娜突破天花板趕到現場，鋒利的指甲劃傷了梅菲瑟的面頰。

「終於人齊了……我等這一天等得過久了。」紫黑的魔力覆蓋範圍愈來愈大，光臣和

安娜的雙腳像踩在泥沼中難以行動。

「安娜！帶著光臣逃跑！」堤姆的獅子大口噴出火焰，把巴特和梅菲瑟退後迴避。

「你變成了安娜的使魔嗎？像你這樣的失敗作，誰也拯救不了。」梅菲瑟快速畫出大型魔法陣，魔女和使魔之所以達成契約，是因為這樣能爆發出更強大的力量。放棄人類的肉身，魔女和使魔的結合，有如物種的進化。

「我不是安娜的使魔，我是她的監護人！」堤姆衝前阻止梅菲瑟，安娜趁機抱住光臣跑出地下室。

「會長，你快逃跑吧。」放下了光臣，安娜轉身想要營救堤姆。

梅菲瑟的雙手變化成了翼，下半身呈黑色獅子的後半部，龐然巨物不再是堤姆能抵擋，梅菲瑟兩三下功夫已把堤姆壓制。

「笨蛋！過去的話你也會死的！」光臣握緊安娜的手不肯放開。

「堤姆是我的家人，家人是絕對不會放棄家人的！」安娜的話如同當頭棒喝。

在光臣被父親送出國時，他的父親也說過同樣的話，但光臣一直以來只認為他是冷酷無情，拋棄兒子的父親，並不知道父親是為了他才遠離兒子。

「要是這樣的話，就先吸我的血吧！」光臣束起衣袖。

「光臣……不可以，當時我差點害死了你。」回復記憶後，安娜對此深感內疚。

「那時候我們都只是小孩子，若不是那樣做當日我們都已經死了，是你救了我們，現在也只有你能保護大家。再吸一次吧！為了你的家人，還有我。」光臣伸出了手，眼前唯一的希望就只餘下安娜。

安娜伸出利齒，咬在光臣的手臂吸入他的血液，鮮血激發出吸血鬼真正的爆發力，但同時令吸血鬼的原始獸性難以壓抑。

化身妖獸的梅菲瑟不用繪製魔法陣已能使用魔法，任堤姆怎樣攻擊也被魔法障壁完全防禦。

「到最後你還是落得被拋棄的下場。」梅菲瑟以獅爪踩住堤姆的頭顱。

「只要能保護安娜，我死而無憾。」堤姆的生命是安娜父母所救，能回報這份恩情堤姆不感到後悔。

「你的犧牲是沒有意義的，失敗作。」梅菲瑟加重力度，想就此粉碎堤姆的頭顱。

「住手！」力量爆發的安娜揮舞利爪。

「臭丫頭你吸了那小子的血？」梅菲瑟急飛向後，右腳被抓得深可見骨。

「安娜你這笨蛋，為什麼不逃跑？」堤姆勉強站起。

「就算今晚逃過一劫，她也不會放棄追殺我們……堤姆，你能像那使魔一樣和我合體嗎？」安娜想效法敵人。

「你又不會魔法，我們怎達成契約呀，傻瓜！」堤姆頭痛地說。

「吓？我還想著變大了應該就能打贏的！」安娜沒有學習過魔法。

「你們三個……這裡就是你們的葬身之地！」梅菲瑟振翅高飛，黑色羽翼激射出鋒利

的箭羽。

堤姆吐出火焰抵擋，但無數箭羽穿破火焰狠狠刺在安娜和堤姆身上。

「快回想一下，你父親有沒有教過你什麼，展示給你看過什麼？」不會魔法，但安娜擁有吸血鬼應有的技能。

「我那時候才得幾歲……你叫我怎記得啊？」吸血鬼的技能，存在於血脈骨髓之中，那是一種本能。

「安娜，這是爸爸和媽媽給你的護身符，你一定要戴在身上啊。」安娜回想起父親臨別前的說話，而她的頸鏈上的戒指突然閃現亮光。

「博一博吧！」安娜的父親曾在和她玩捉迷藏時展示過一種技能。

「霧化！」身體化成黑煙，穿透任何物理攻擊，安娜成功繞到梅菲瑟的背後。

「什麼？」梅菲瑟驚訝不已，不是因為霧化這技能，而是安娜向她投擲的戒指，那裡裝填了一種魔法。

白色的暴雷從戒指釋放出來，轟雷炸裂梅菲瑟的身軀，從空中墮下，梅菲瑟解除了融合，使魔巴特也被燒焦熏黑。

「成功了！」安娜驚喜尖叫，回到地面與堤姆和光臣會合。

「有這樣的必殺技應該早點拿出來嘛，讓我看看，有受傷嗎？」光臣也鬆一口氣。

「我怎知道爸爸的戒指原來這麼厲害的？我也只是賭一把了呀。」安娜一直以為戒指只是裝飾。

「這是你父親最擅長的魔法，看來就算他不在你身邊也一直守護著你。」只有堤姆知道這是高階魔法師的雷霆爆破魔法。

光臣、安娜和堤姆都以為危機已解除，但梅菲瑟執念強大，正吸收使魔的生命力來復原被電極燒傷的身體。

「又一次……把我弄成這模樣……但是，只要吃掉你們的靈魂，再重的傷也能夠復原！」梅菲瑟高舉魔法杖作最後抵抗。

幸好鋒利的風刃切斷了梅菲瑟握杖的手，寒雪冰霜徹底凍結了她的身軀。

「太慢了！你們再遲一步，你老闆我已被吞進肚子了！」光臣以為劫數難逃，剛才抱住了安娜想以身體保護她。

「沒辦法，我還不太會用手機。」呼風的正是碧眼狐狸琥珀。

「我也是……是晨曦說要每天和我聊天，所以買給我的。」而冰雪的使者，正是雪女雪姬。

「琥珀！雪姬姐姐！」安娜喜出望外，及時趕到的援軍，是光臣準備的後著。

光臣早前命金室長辦的急事，是向琥珀和雪姬下達指令，他們的手機裝置了能追查光臣位置的軟件，光臣估計在短期內梅菲瑟一定會有所行動，所以吩咐了他們每十五分鐘要發一個短訊給光臣，若光臣沒有回覆，就馬上趕到他的所在位。

「應該不會再被她追殺了吧……」光臣其實緊張得全身發抖，若以人類血肉之軀承受梅菲瑟一擊，足以奪去他的性命。

「沒事了，光臣。」安娜意識到光臣的體貼，微笑著輕拍他的後背。

「那魔女怎麼辦？安全起見還是殺死她比較好吧？」琥珀問。

「把她交給獵人公會吧，處心積慮危害人間的魔女不止她一個……公會應該能從她身上查到蛛絲馬跡。」堤姆變為小天竺鼠，解放消耗的魔力甚大。

「安娜，原來你和會長……是這種關係嗎？」雪姬問抱在一起的兩人。

「吓？唉呀！會長你怎麼抱住人家的？難道你是會對俏秘書伸出魔爪的霸道總裁嗎？」

安娜羞紅了臉一把推開光臣。

「難得英明神武智勇雙全的我紆尊降貴，想以我強壯的身體安撫你這變態癡女……滅人工！一個二個也給我滅人工！」光臣惱羞成怒。

魔女梅菲瑟被移送到獵人公會分部聽候法落，苦纏光臣和安娜十四年的噩夢總算圓滿結束。

光臣約定的一個月之期已經屆滿，董事會成員不得不信守承諾，就算他的兄姐心有不甘，也暫時沒有辦法動搖光臣會長的地位。

「你現在……可以安息了，爸爸。」光臣在父親的墳前獻上鮮花。

「會長，那你原本的計劃，還照樣實行嗎？」金室長知道光臣回來的原意只為捉拿殺害父親的人，他對繼承會長的事業本來就沒有興趣。

「不，當皇城的會長也挺有趣呢，而且這樣我可以了解更多老頭子生前的事。」光臣找到了樂趣。

「還可以更了解安娜小姐呢，少爺。」金室長笑著說。

「吖，金室長你說些像老頭子說的話時就叫我少爺，其他公事才叫我會長，你以為我沒留意到嗎？你也想減人工嗎？」光臣瞪著金室長說。

「不過少爺你還有一個難題要解決，安娜小姐她說……不能再當你的秘書。」金室長擔憂著說。

「混帳！沒有我的許可，誰也不能離開我身邊！」光臣是不會輕易放棄，和放過別人的小氣鬼。

三途賓館內，安娜和提姆正在包租婆四葉的房間挨罵，得知安娜不只身份曝光，還吸了人類的鮮血，四葉大發雷霆，比魔女梅菲瑟更加可怕。

「四葉……既然大家也平安無事，不如就這樣算吧。」提姆在此事中最無辜。

「算？你怎當監護人的？我只不過外出幾天，竟然鬧出這麼大的事件！」四葉生氣得快燃起火焰。

「哈哈……那魔女都繩之於法了，我們也算做了件好事呀，不用這麼生氣吧？」安娜已被罰跪坐半天。

「我生氣是因為你瞞住我吸了人血！而且不止一次！」四葉覺得自己違背了對安娜父母的承諾。

「事態緊急嘛……而且我有得到會長的同意，這不算違反規定吧？」安娜膽怯著說。

「那如果你染上『血癮』呢？然後無法忍耐，每天不得不吸人血呢？」四葉最怕的是安娜被慾望支配。

「那寬宏大量的我就每天讓她吸一點我高貴而甘香的血液，我自願的，而且是免費的。你是因為這問題才不讓安娜繼續上班吧？現在問題解決了啦。」光臣推開了四葉房門。

「會長！」安娜的救星來到了。

「她是我賓館的管理人，我還未答應她的辭職。」四葉想不到光臣會為安娜而來。

「你給的月薪多少，我會按照勞工法例賠償給你。安娜你的試用期已過，正式職員的薪水是現在的一倍，馬上換衣服跟我回去工作！」光臣想要的東西絕不會放手，特別是他想見的人。

「小人遵命！四葉姐你不用擔心啦，有會長在身邊，我會每天也吃飽飽的。」安娜以發麻的雙腿站起。

「光臣你要吃飽一點，被吸血鬼纏上，就算精力多旺盛的人類也會虛脱的。」堤姆以同情的目光看著光臣。

「怎麼我好像答應了很不得了的事情……如果我反悔現在還來得及嗎？」光臣感到脖子涼涼的。

「唉呀，你想多了啦，我們快去上班吧！」安娜挽著光臣離開了四葉的房間。

從此，皇城的國王身邊多了安娜。雖然安娜還不是個能幹的秘書，也不是個成熟的女孩，但這國王需要她，有她在身邊，他才能散發最耀眼的光芒。

花漾 01

我的吸血鬼秘書

MY VAMPIRE SECRETARY

文字	陳四月
插圖	余遠鍠
策劃	余兒
編輯	小尾
封套設計	faminik
內文設計	陳四月
實景	張耀東
出版	創造館
	CREATION CABIN LTD.
	荃灣美環街 1-6 號時貿中心 6 樓 4 室
電話	3158 0918
發行	泛華發行代理有限公司
	香港新界將軍澳工業邨駿昌街七號二樓
印刷	美雅印刷製本有限公司
出版日期	2021 年 11 月
ISBN	978-988-75785-0-5
定價	$78
聯絡人	creationcabinhk@gmail.com

本故事之所有內容及人物純屬虛構，
如有雷同，實屬巧合。

創造館 CREATION CABIN

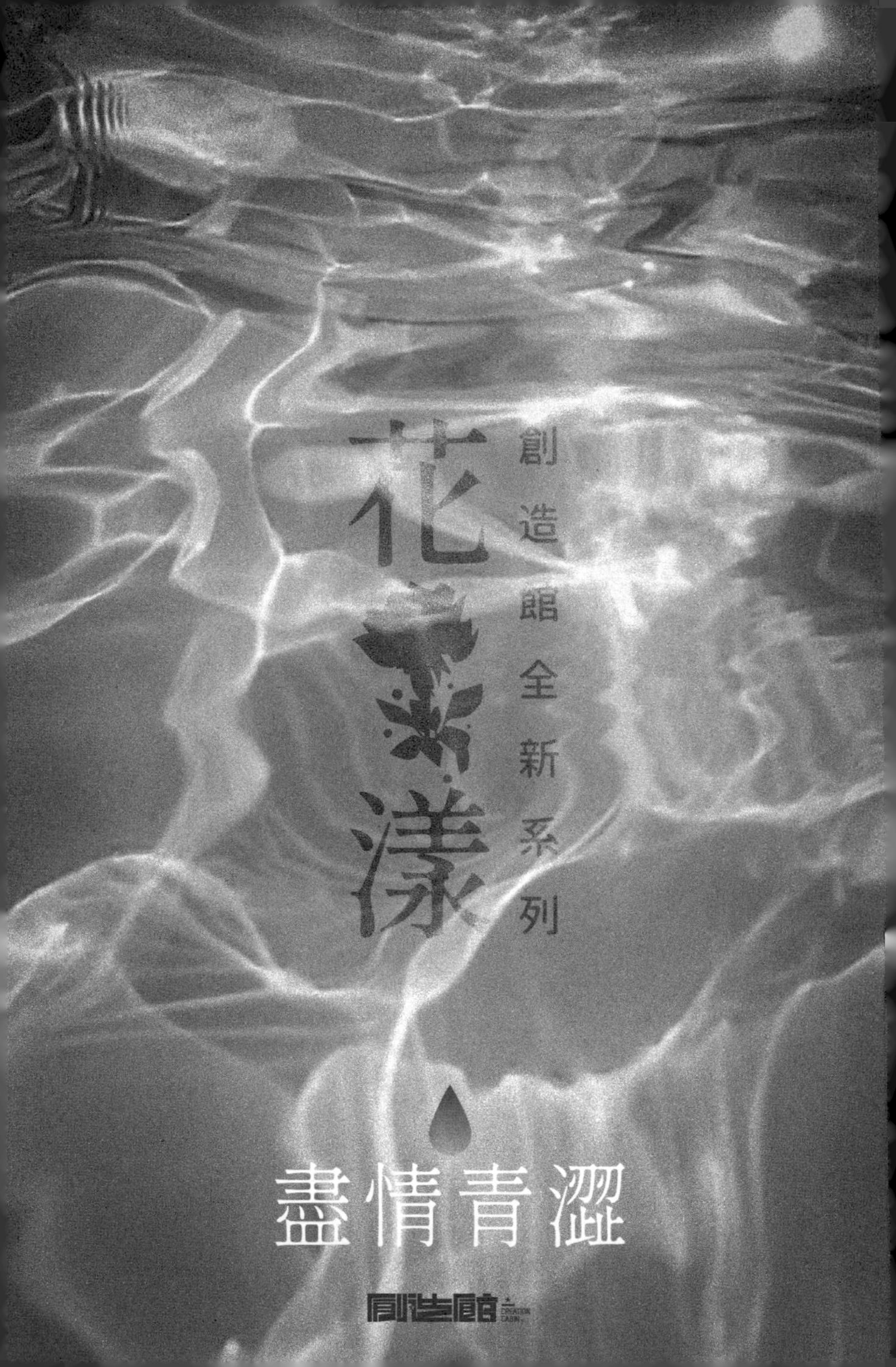
花漾
創造館全新系列
盡情青澀
創造館
CREATION CABIN

我們，在創造。

We Create

注

22 23 24 25 26 27 28 29 30 31 32 33 34 35 36 37 38 39 40

我的吸血鬼秘書

MY VAMPIRE SECRETARY

文——陳四月
圖——余遠鍠